KB172317

2008
올해의 좋은 시

최문자 · 이은봉 · 이승하 · 양문규 편

푸른사상

2008 오늘의 좋은 시

2008년 2월 25일 1판 1쇄 초판 인쇄
2008년 3월   1일 1판 1쇄 초판 발행

 지은이 최문자 · 이은봉 · 이승하 · 양문규
 펴낸이 한봉숙
 펴낸곳 푸른사상사

등록 제2－2876호(1999.8.7)
서울시 중구 을지로3가 296－10 장양B/D 701호
대표전화 02) 2268－8706(7) 팩시밀리 02) 2268－8708
메일 prun21c@yahoo.co.kr / prun21c@hanmail.net
홈페이지 //www.prun21c.com
편집 디자인 심효정/지순이/이선향/김조은
기획마케팅 김두천/한신규
ⓒ 2008, 최문자 외

값 13,000원
ISBN 978－89－5640－610－7

☆ 저자와의 합의에 의해 인지 생략함

2008 오늘의 좋은 시

『2008 오늘의 좋은 시』를 간행하며

어느덧 해가 바뀌어 『2008 오늘의 좋은 시』를 간행한다. 벌써 여덟 번째의 작업이다. 힘들고 피곤하기는 했지만 걸작의 시를 새 시대의 독자 여러분들과 함께 나누어야 한다는 생각 때문에 짜증이 나지는 않았다. 우리의 이런 작업들이 모여 한국 현대시의 정본이 수립되어 가리라.

새로운 대통령을 뽑는 등 우여곡절이 많았지만 지난 2007년도에도 뛰어난 시들의 생산은 멈추지 않았다. 이들 뛰어난 시들을 읽을 때마다 몸을 떠는 감동으로 머릿속까지 시원해지고는 했다.

선자들은 지난해에 간행된 수십 종의 문예지를 분담해 읽으며 이른바 '올해의 좋은 시'를 선정하기 위해 각자 오랫동안 분투해야 했다. 특히 1차로 고른 200여 편 가운데 100여 편을 선정하고 해설하는 일이 쉽지는 않았다. 무엇보다 선자의 심미안이 각기 달라 일치된 의견을 도출하기가 힘들었다.

원고에는 들어 있다가 막판에 빠진 시도 없지 않다. 작품 선정에 차선을 택하는 경우가 없지 않았기 때문이다. 하여, 지금으로서는 이런 상태로 선을 보이기로 한다. 내년을 기약하는 것은 올해에도 부족함을 느끼기 때문이다.

　지난해까지 함께 작업을 해온 박명용 교수가 건강이 좋지 않아 올해부터는 쉬게 되었다. 이 자리를 택해 진심으로 쾌유를 빈다. 그런 이유로 박명용의 교수의 추천에 따라 양문규 시인이 이 작업에 참여하게 되었다. 명지대학교 문예창작과에서 박사학위를 받은 양문규 시인은 계간 문예지 《시에》의 발행인 겸 주간이기도 하다.

　올해에도 우리 모두 『2008 오늘의 좋은 시』를 통해 시의 향연을 즐기기 바란다.

2008. 2. 21
최문자, 이은봉, 이승하, 양문규

강경호

석류나무 · 1

고향집 떠나올 때 짐칸 한 쪽에 싣고 온
석류나무, 이사 다닐 때마다 따라 다니느라
큰 품, 핼쑥하게 야윈 몸매
올봄엔 새로 지은 집에 옮겨 심었다.
뿌리박느라 보대꼈는지
아주 늦게 움이 트고
병색 완연한 꽃 겨우 피웠다
한 차례 전염병 같은 태풍 지나가자
꽃들마저 남김없이 떨어져 내렸다.
이 낙태한 산모 석류나무
정성 들여 미역국 끓여 먹였더니
봄이 다 지나간 칠월 땡볕에도
희희낙락 발그레한 낯빛으로 꽃 다시 피웠다.
또 한 번 태풍 불어와
멱살 잡고 뒤흔들어도
석류나무는 튼실한 아이를 닮은 붉은 열매 키워냈다
이 장한 석류나무를 바라보고 있으면
달동네 열두 번 이사 다니면서도
아들 딸 셋 쑥쑥 낳아 잘 키워준
가난한 내 조강지처럼 마음 푸르게 했다.

— ≪열린시학≫(2007. 가을호)

이사를 다닐 때마다 옮겨 심어온 '석류나무'를 노래하고 있는 시이다. 이 석류나무를 "새로 지은 집에 옮겨 심었"더니 올 봄에는 "뿌리박느라 보대꼈"나 보다. 움도 "아주 늦게" 트고 꽃도 겨우 "병색 완연"하게 피운다. 한 차례 "태풍 지나가자/꽃들마저 남김없이 떨어져 내"리고 만다. 시인은 이런 석류나무를 산모에 비유하고 있다. 그가 "정성 들여 미역국 끓여 먹였더니" 석류나무가 "봄이 다 지나간 칠월 땡볕에도" "발그레한 낯빛으로 꽃 다시 피웠다"고 노래하고 있기 때문이다. 실제로도 "정성 들여 미역국 끓여 먹였"을 이 석류나무에서 급기야 시인은 자신의 조강지처를 발견한다. "열두 번 이사 다니면서도/아들 딸 셋 쑥쑥 낳아 잘 키워준" 것이 그의 조강지처이다.

강성철

화훼농장 장미와 양계장 닭

일 년에 한 번 꽃을 피우는 장미가
화훼농장에서는 여섯 번을 피워내야 한다고 한다.
덕분에 장미의 일생은
30년에서 6년으로 줄었다는데,
24시간 불 밝힌 양계장에서
밤낮 사료 먹으며 알을 낳는 닭도
2년도 못 가 수명이 다한다고 한다.

화훼농장 장미는 양계장 닭을 위해
무리하게 장미 백만 송이를 준비하고,
양계장 닭은 화훼농장 장미를 위해
무리하게 매일 알을 낳는다.

현실과 차단된 벽속에 갇혀 사는
장미와 닭,
감히 벽을 허물어 현실과 맞서지 못하고
주인에 의해 길들여져 간다.

화훼농장과 양계장에서처럼, 우리의 아이들이
현실과 차단된 자기만의 세계에 고립되어
컴퓨터에 몰입한다.

울타리 안에 갇힌 장미와 닭들처럼
자기만의 세계에 길들여져
자기만의 세계로 빠져 들어간다.

버지니아 공대, 조승희의 총성이
멀리 있는 것만은 아닐 것이다.

— ≪현대시≫(2007. 8)

사회풍자시 혹은 현실풍자시다. 장미는 화훼농장에서 1년에 여섯 번 꽃을 피워내는 바람에 수명이 30년에서 6년으로 줄어들고 닭은 24시간 불 밝힌 양계장에서 밤낮 사료를 먹으며 알을 낳는 바람에 2년 안에 죽는다는 '정보'에서 시는 시작된다. 생명을 다루는 일이 이런 식으로 인위적일 때, 그 생명은 주인에 의해 길들여지면서 서둘러 최후의 순산을 맞는다. 시인은 연을 바꿔 '일류대학 입학'을 외치며 아이들을 학원으로 내모는 우리나라 교육 시스템에 문제가 있다고 지적한다. 그런 아이들에게 사이버세계의 게임과 통신은 해방구이다. 버지니아 공대 조승희가 극한상황에서 총을 난사한 것처럼 이 땅의 아이들도 언제 폭발할지 모르는 수류탄인 것을.

강세환

벗꽃의 침묵

주말에 경포대 벗꽃을 보려고 들렀더니
다들 입을 꼭 다물고 있더군요
글쎄 어떤 놈은 혓바닥을 쑥 내밀었다가
얼른 도로 집어넣더군요
그래서 나도 혓바닥을 반쯤 내밀었었죠
가만가만 입모양을 바라보니
무슨 말인 듯 곧 뱉어버릴 것 같더군요
숨을 멈추고 한참 기다렸죠
끝내 말을 꺼내지 않더군요
나도 그 앞에서 말을 걸고 싶었지만
꽃 피는 것도 말 한마디 나눈 것도 없었지만
고개만 몇 번 끄덕끄덕 끄덕였지요
잔뜩 오므린 벗꽃의 입을 쳐다보다
그도 나도 시절이라는 것도
인연을 따를 뿐이라는 생각이 들더군요
웃지도 않고 그렇다고 울지도 않는
말 한마디 꺼내지 않던
입천장에 혓바닥 붙이고 있던 벗꽃의 침묵

— ≪시와정신≫(2007. 여름호)

여기 입천장에 혓바닥 붙이고 있는 벚꽃의 침묵을 보라. 생물학적으로 아직 채 피지도 않은 그 벚꽃 앞에서 문학적으로 벚꽃의 침묵이라고 해석한 시인의 뜻밖의 인식과 상상력을 주목하고 싶다. 시는 역시 기교나 내용보다 시선과 안목의 중요성이 더 비중 있다는 것도 새삼 공감할 수 있었다. 특히 특정 대상에 관해 어떤 의미를 부여하고 탐색하고 발견하는 것 또한 이 시의 미덕일 수밖에 없다. 하여 벚꽃의 침묵 앞에서 잠시 침묵할 수 있다면 그것은 독자의 미덕이리라. 시가 이렇듯 떨림으로, 그 시의 독자가 이렇듯 설렘으로 어느 순간 한번 마주친다면 그 한 순간 우리의 영혼은 성숙할 수 있으며 어쩌면 복잡할 수도 있을 것이다. 벚꽃이 환하게 피기 전, 끝내 말 한 마디 꺼내지 않던 그 잔뜩 오므린 벚꽃의 침묵 앞에서 그대 마음 허전할 때까지, 침묵하라. 心讀의 인연 있기를!

강희안

나탈리 망세*의 첼로

나탈리 망세, 그녀는 다리를 벌리고 그 가랑이 사이에 첼로를 세워 품에 안고 연주했다. 알몸의 창녀가 무릎 꿇은 예수를 품에 안자, 당신의 손은 어디를 질척거렸던가. 고질적인 몸과 예수, 성경과 외설의 지퍼를 번갈아 더듬어 내리는 첼로는 권세였다. 보수적 낭설을 표방하는 클래식 성기였다. 그녀는 급기야 첼로의 나뭇결 속으로 걸어 들어갔다.

나무의 싱싱한 무늬결을 따라 들어간 그녀가 옹이로 박혔다. 성근 이파리들과 비릿한 정액 냄새가 묻은 나뭇잎을 털다가 음악의 메아리가 번져 나오던 저녁, 나탈리 망세의 질 속으로 높은잠자리 한 마리 날아가는 신문이 던져졌다. 인터넷 소식에 귀 기울이던 누군가는 조만간 진보의 음계를 눈으로 읽게 될 것이다.

나탈리 망세의 첼로처럼 권세의 모락은 다양하다. 그녀는 목사가 조직적으로 깎아놓은 최면의 입성을 벗어 던졌다. 그녀는 첼로와 함께 오르가즘의 활을 당기며 세상을 쏟아 놓았다. 무서울 정도로 어떤 목수는 잔인한 음부의 권능을 즐긴다. 나탈리 망세, 그녀는 흩어진 말씀의 파편들을 긁어모아 첼로와 함께 그녀의 자궁 속으로 밀어 넣었다.

 이제 곧 신은, 엄중한 당신의 메시지조차 봉인으로 거
두리라.

* 스위스 출신의 누드 첼리스트

— ≪시에≫(2007. 여름호)

이 시는 특이하게도 성의 권력(육체)과 말씀 권세(정신)를 병렬하지만, 그것이 시인의 관념이란 인과의 법칙에 지배되는 정서가 아니다. 이 시의 독자는 끝없이 아이러니로 배반하면서 우연의 법칙으로 미끄러져가는 은유적 환유(자연+문명)란 코드부터 읽어내야 한다. 바야흐로 현대는 자연과 예술이 한 몸으로 상징을 이루던 "높은잠자리"(높은음자리표+높은잠자리=은유적 환유)가 날아가다가 "신문"(문명)으로 던져진 세태가 아니던가. 따라서 클래식 권력의 상징을 무너뜨린 "나탈리 망세의 첼로"의 새로운 음계에 따라 우리는 "조만간 진보의 음계를 눈으로 읽게 될" 수밖에 없다. 이 모순된 언술은 후기산업사회의 흐름을 한 순간에 관통하는 힘을 얻는 동시에 이데올로기나 신마저 해체된 이 시대의 정신적 공황을 환기하기에 충분하다.

고 영

삼겹살에 대한 명상

여러 겹의 상징을 가진 적 있었지요
언감생심, 일곱 빛깔 무지개를 꿈꾼 적 있었지요
불판 위에서 한 떨기 붉은 꽃으로 피어나기를
간절히 바란 적 있었지요

흰 머리띠를 상징으로 삼았지요
피둥피둥 살 바에는 차라리
불판 위에 올라 분신자살이라도 해야
직성이 풀릴 것 같았지요
육질이 선명할수록 사상도 아름답게 보이는 법이거든요
달아오른 불판이 멀리 쏘아 올리는 기름은
발가벗은 내 탄식이었지요

몸 뒤틀리고 몇 번쯤 뒤집혀지고 나면
(제발, 세 번 이상은 뒤집지 마세요)
내 사명도 끝난 줄 알았지요
노릿하게 그을린 얼굴들이 참기름을 두르고 앉아
마늘처럼 맵게 미소를 주고받을 때
소원할 그 무엇도 남아있지 않은
저 말라비틀어진 살점들을 어찌할까요

어쩌다 간혹 안부나 물어봐주세요
그러면 나는 그냥
무지개를 꿈꾸다 죽은 한 마리 돼지의 어쩔 수 없는 옆
구리였다고,
불판 위의 폭죽이었다고,
웃기는 돼지였다고 웃으며 말할 날 있겠지요

　　　　　　　　　　　　　— 《내일을여는작가》(2007. 여름호)

詩 2008 우리나라 사람들은 돼지 삼겹살 구워먹는 것을 무척 좋아한다. 전국 방방곡곡 어딜 가도 삼겹살을 구워먹을 수 있는 음식점이 있지 않은가. '삼겹살을 구워먹는다'는 것은 한 끼 식사의 의미를 넘어서 친교 내지는 협동의 시간이 되기도 한다. 고기를 연신 뒤집고, 불판을 갈아달라고 하고, 입이 터질 듯 쌈을 싸 먹고, 많이 드시라고 권하고, 상대방의 소주잔을 채워주고, 입에서 마늘 냄새까지 팍팍 풍기고……. 그런데 돼지의 입장에서는 기가 막힌 일이다. 자신의 살점이 찢겨져 불에 타고 있으니 말이다. 시인은 삼겹살이 되어본다. 그래서 외치는 것이다. "제발, 세 번 이상은 뒤집지 마세요"라고. 돼지가 일곱 빛깔 무지개를 꿈꾸었을 리 없지만 시인이 돼지의 의인화, 삼겹살의 의인화 작업을 하는 과정에서 애처로운 마음이 들어 무지개를 꿈꾸다 죽은 한 마리 돼지를 그리게 되었다.

고형렬

물구나무서기 하는 나

아버지가 물구나무서기를 즐긴다
얼마 전부터 아버지가 물구나무서기를 시작하였다
공중으로 번쩍 다리를 쳐들고
뒤에서 보고 있는 우리를 아랑곳하지 않는다
벽에 발꿈치도 대지 않는다
우리는 아버지를 보고 웃었다 거꾸로 선 아버지라고
아버지는 책상에서 뭔가를 하루 종일 쓴다

깜박 잊고 엇차, 하는 소리 들려 돌아보면 아버지는
영락없이 물구나무서기를 한다 하루에 몇 번씩
물구나무서기를 잊지 않으려고 물구나무서기를 한다

최근엔 물구나무서기 시간이 길어지고 있다
식구들은 물구나무서기 하는 아버지에 관심이 없다
조만간 우리 집은 해체될지 모른다
우리 집은 아버지가 무언가를 쉬지 않고 쓰는 집
아버지가 물구나무서기를 하는 집
아버지는 대체 뭘 저렇게 써놓는 걸까
아버지는 저렇게 물구나무서기만 하다 돌아가실 건가

그런데 아버지가 우리를 빤히 들여다 보고 있다

— 《창작과비평》(2007. 가을호)

아버지가 물구나무를 서는 모습은 마치 아버지가 무엇인가를 적는 모습과 겹친다. 물구나무선 아버지가 하나의 필기구가 된 것이다. 그러나 우리는 아버지가 무엇을 써놓는지 알지 못 할뿐 아니라 아버지에 대한 관심도 없다. 아버지의 물구나무서기는 관심에 대한 욕망일까. 물구나무선 아버지가 우리를 빤히 들여다 보고 있으니 말이다. 그런데 이 시에서 가장 결정적인 부분은 제목과 내용의 어긋남이 만들어내는 긴장이다. 내용은 물구나무서기를 하는 아버지인데, 제목은 '물구나무서기 하는 나' 인 이 시에서 나는 결국 아버지의 전철을 밟는, 또다른 아버지가 되어버린다. 아버지가 감내해야 했던 고독과 소외가 어느새 시인의 몫이 되어버린 것이다. 아버지의 운명은 세대를 거쳐 유전되나보다.

공광규

완행버스로 다녀왔다

오랜만에 광화문에서
일산 가는 완행버스를 탔다
넓고 빠른 길로 직행하는 버스를 보내고
완행버스를 탔다

이곳저곳 좁은 길을 거쳐
사람이 자주 타고 내리는 완행버스를 타고 가며
남원추어탕집 앞도 지나고
파주옥 앞도 지나고
전주비빔밥집 앞도 지나고
스캔들 양주집 간판과
희망맥주집 앞을 지났다
고등학교 앞에서는 탱글탱글한 학생들이
기분 좋게 담뿍 타는 걸 보고 잠깐 졸았다
그러는 사이 버스는 뉴욕제과를 지나서
파리양잠점 앞에서
천국부동산을 향해 가고 있었다

천국을 빼고는
이미 내가 다 여행 삼아 다녀본 곳이다
완행버스를 타고 가며

남원, 파주, 전주, 파리, 뉴욕을
다시 한 번 다녀온 것만 같다
고등학교도 다시 다녀보고
스캔들도 다시 일으켜보고
희망을 시원한 맥주처럼 마시고 온 것 같다

직행버스로 갈 수 없는 곳을
느릿느릿한 완행버스로 다녀왔다

— ≪시평≫(2007. 가을호)

'빨리빨리'로 대변되는 자본주의 속성에 비춰 본다면, 완행버스를 탄다는 것 자체는 그 사회에서 이탈을 의미한다. 그럼에도 불구하고 화자는 완행버스를 타고 세상을 구경삼아 가고 있다. 직행버스를 탔을 때에는 보이지 않던 남원추어탕집, 파주옥 앞, 전주비빔밥집, 양주집, 희망맥주집, 학생, 뉴욕제과, 파리양잠점 등을 보게 된다. 비록 속도에서는 직행버스보다 느리지만 덕분에 차창 밖으로 "천국을 빼고는" 두루 세상의 풍경과 조우하게 된다. 이런 이탈의 행위는 화자로 하여금 이미 다녀본 세계를 "다시 한 번 다녀온" 것처럼 느끼게 해줄 뿐만 아니라 나아가 삶의 희망을 환기시킨다. 그런 면에서 이 시에서 시인은 '느림'의 미학을 통해 삶의 혜안을 일깨워 준다.

김경미

슬픔을 구하다

1.

가위로 제 검정머리카락을 뭉텅 잘라낼 만큼
슬픔 지독한 날을 아는지

진흙 연못 속 질식한 수면뿌리 같은 막다름에
하루에도 성당에 갔다가 대웅전 찬마루에도 엎드렸다가

꺼내달라고 여기서 꺼내달라고
눈물의 누더기.
어떤 신의 옷자락이든 찢도록 움켜잡는 건 해봤는지

2.

입에 굴참나무 냄새 나는 코르크마개를 채우고
포도주빛깔의 경전을 암송하네

'슬픔이 웃음보다 나음은 얼굴에 근심함으로 마음이 좋
게 됨이니라' *

순덕이라는 시골뜨기 별명에 창피해 울던
빙어 같은 어린 시간들이 끊긴 지느러미를 흔드네

양털처럼 곱슬대던 표정 돌아오라고

눈물 속에
행선지는 제대로였던 잠기찻길 돌아오라고

*전도서 7장.

— ≪현대시학≫(2007. 11)

슬픔을 구하기보다 시인은 희망을 구하고 있
다. 기쁘기 위해서 시인은 슬픔을 구한다. 전도
서 7장에 근거하여 슬픔이 웃음보다 나음은 기쁨을 구
하기 때문이라고 믿고 있다. 가위로 머리를 뭉텅 잘라
낼 만큼 슬픔이 지독했던 기억이 있는 시인은 하나님에
게, 부처에게, 슬픔을 지워달라고 애걸해보기도 한다.
이렇듯, 시인의 다양한 시간들의 공존은 슬픔과 기쁨의
새로운 존재방식으로 확산되고, 기쁨은 슬픔을 배양해
야 건질 수 있는 것임을 시인은 알아가고 있다. 내부적
으로는 적잖은 슬픔의 위험을 안고 있지만. 시인은 시
간과 자의식의 균형을 유지하는 형식을 지니고 있다.
과거의 지독한 슬픔으로 미래의 시간을 앞질러 살아내
는 시인의 인고를 느낄 수 있다.

김규화

북한산 계곡

폭우 그치자 심장이 부어올랐다
모롱이에서 발치까지
흰 실핏줄 터졌다

바위를 때리며 거품을 몰고 휘돌아
치닫다가 두루마리 이루고
조그만 웅덩이로 고여 쉬다가
줄달음친다

산은 움쩍 않는다

원효봉이나 노적봉을 불러 세워놓고
나무들도 손짓하여

숨 고를 새 없이
혹은 질탕하게

물은 말이 많고
산은 말이 없다

— ≪진단시≫(2007. 12)

북한산에 대한 시인의 사유는 남다르다. 누구
나 쉽게 체험하는 세계를 훌쩍 뛰어넘어 종교
적 가치를 보여주고 있기 때문이다. 이 시를 매개하는
물은 번잡함과 소란함이다. 시적 언술에서 보여주고 있
는 바와 같이 폭우로 인해 계곡은 심장이 부어올라 산
날망에서부터 아래까지 실핏줄이 터져 말이 많지만 산
은 어떤 형상과 소리에도 변함없이 제자리를 지킨다.
뿐만 아니라 "원효봉이나 노적봉을 불러 세워놓고/나무
들도 손짓하여" 상생과 공생의 삶을 영위한다. 산은 묵
언, 正中의 자세로 숭고한 이념을 초시간적으로 보여줌
으로써 참된 가치를 실현한다.

김남규

새로운 身分 시대

강북스럽다는 말이 인터넷을 떠돌고 있다.
대학 졸업 후 처음 만난 친구 녀석은
아직도 東歐에 사느냐고 묻고 있다.
지은 죄도 없는데
얼굴이 화끈거리고
며칠째 계속되던 배앓이를
잊을 지경이 되었다.
새로운 신분이 정립되어가는
2006년 대한민국 겨울
그 한복판에 나는 서 있다.

— ≪시와상상≫(2007. 봄호)

"강북스럽다는 말이 인터넷을 떠돌고 있다" 이는 지난 2006년 한 케이블 방송에서 서울 '강북'을 비하하는 발언을 여과 없이 방송함으로서 확산된 말이다. 이는 우리 사회의 윤리의식이 땅바닥에 떨어져 있음을 단적으로 증거한다. 즉 강남이 부와 명예의 상징처럼 여겨지면서 강남이 아닌 다른 지역을 비하하는 것으로 인식되었기 때문이다. 이 시에서 화자는 강남이 아닌 동구에 살고 있으므로 "지은 죄도 없"이 심적 곤란을 겪고 있다. 따라서 화자는 마치 강남이 "새로운 신분"을 정립하는 것처럼 보이는 것에 대해 강하게 항변한다. 이 시를 읽으면서 우리 사회가 잘못되어도 한참 잘못되었다고 전언하는 것은 비단 시인뿐만이 아닐 것이다.

김 룡

브래지어 도난사건

우리 할머니 브래지어가 없다
첫째 둘째 셋째·························, 마른 아귀처럼 매
달린 자식들에게
쉴 새 없이 빨린 젖무덤, 젖이 마르면 무덤만 남는다
밥줄마저 바삭바삭 채마밭 햇볕줄기처럼 말라
브래지어 찾으러 가신
할머니, 먼저 가신 할아버지 만나 낮잠 한숨 때렸는지
젖이 돌기 시작한 무덤 속으로
눈 작은 벌레들 기어 들어갔다 하- 날개 한 벌씩 걸치
고 나온다
훌러덩 머리 벗겨진 앞산은 염치도 좋아라
꽃나무들 데리고 젖동냥 다녀오고
게으른 뒷산도 질세라 지난겨울 막혔던 물줄기 콸콸
오줌발로 세우는
봄날

A컵일까 C컵일까 죽은 듯 잠든 아내
젖무덤 속이다, 쥐꼬리만한 월급봉투 들고 쳐들어가는
나보다 한발 앞선 놈이 있다
쿵- 사각침대 밑으로 굴러 떨어진
세 살배기 아들놈
밤새도록
운다

— ≪열린시학≫(2007. 겨울호)

김룡은 제목과 도입부가 시에서 얼마나 중요한
가를 잘 알고 있다. 할머니의 브래지어를 훔쳐간
이는 첫째, 둘째, 셋째…… 마른 아귀처럼 매달린 자식들
이었다. 쉴새없이 젖을 빨아 푹 꺼져버린 할머니의 젖가
슴. 그런데 "젖이 돌기 시작한 무덤"이니 사건은 사건이
다. 꽃나무들 데리고 젖동냥 다녀온 봄날, 생명의 또다시
이 나라 산천의 색깔을 바꾸며 소생하고 부활한다.

시를 살리는 것은 제2연이다. 아내의 젖무덤을 탐하고
싶은 나에 앞서 그 젖을 차지한 괘씸한 놈― 바로 사각침
대 밑으로 굴러 떨어진 세 살배기 아들놈이다. 한 편 시
속에 인간 생로병사와 인생 희로애락이 다 들어 있다.

김 명 철

여보세요?

전동차 문이 닫히고
진동하는 핸드폰을 따라 호주머니에서 툭,
동전 하나가 떨어진다.
여보세요, 어디쯤이에요? 이제 막,
한쪽으로만 몰두해 있던 승객들의 시선이
동전으로 향하고, 출발하는 중이야.
비틀거리던 동전이
가속도를 받아 고개를 빳빳이 세우고 탄탄대로를
제대로 구르기 시작한다.
붉은 양피지에 싸인 부자 아빠 가난한 아빠의 다빈치 코드도
구르는 동전의 방향을 추적하기 시작한다. 그래요?
어떻게 할 건데요? 여보세요?
나는 잘 가고 있어, 탄력을 받았지.
왼쪽 사람들은 오른쪽 면으로 오른쪽은 뒤쪽으로 눈을
돌리지만
굴러가는 쪽이 언제나 앞쪽이야. 그러면,
기다릴게요. 곧장
와요. 여보세요?
전동차 진행 반대 방향으로 내쳐달리던 동전이 곡선 선
로에서 한쪽으로 기울다가

좌우로 크게 몸을 흔들며 바닥에 딱,
붙는다.
동전이 온 길을 되짚은 승객들의 시선이
통화하는 사람의 표정으로 일제히 쏠린다.
여보세요? 안 들려요?

— ≪현대시≫(2007. 12)

사물시가 있는가 하면 사건시가 있다. (事件詩라는 용어는 방금 지어낸 것이다.) 이 시의 사건이란 화자가 호주머니에서 핸드폰을 꺼내 받으려는 순간 그 호주머니에서 전동차 바닥으로 떨어져 비틀거리던 동전이 "가속도를 받아 고개를 빳빳이 세우고 탄탄대로를 제대로 구르기 시작"하는 사건이다. 이 시의 재미는 대수로울 것 하나 없는, 동전 구르는 사건에 있지 않다. 화자의 통화 내용과 의인화된 동전의 입장이 오버랩되는 데서 온다. 시인은 동전이 화자와 대화하는 식으로 시를 끌어가다가 마지막 행에서 화룡점정을 한다. 시의 내용은 별것이 아니라 할지라도 달리는 전동차 안에서 동전이 구르는 속도감을 시에 제대로 살려낸 시인의 기교가 꽤나 세련되어 있어 감탄을 금할 수 없다.

김백겸

천산산맥

말 한 마리가 내게 선물로 주어졌지
말을 타고 바벨탑처럼 높은 언어의 천산산맥으로부터
벌판으로 내려가야 했네
백척간두를 피해 가는 곡예사처럼 등에 땀을 흘렸네
천산산맥은 가시덤불로 우거져 있었고
천산산맥은 모서리가 날카로운 바위함정으로 굳어져
있었고
천산산맥은 길이 끊긴 협곡을 보여 주었네
번개가 쳐 언어들이 사원의 폐허처럼 무너져 내리기
전에
숲과 강이 펼쳐진 대평원으로 내려와야 했네
고비마다 매복한 언어는 마왕과 요괴였네
언어의 사원에는 왕국과 미인과 부귀가 있었고
언어의 사원에는 지식과 명예와 신분이 있었네
언어를 내 우상으로 받아들이라고 뱃심이 유혹했네
언어가 상형문자로 구부러지더니 신탁을 토했네
언어가 날카로워져서 내 머리에 칼금을 그으려 했네
마왕과 요괴의 망치에 늘어나고 구부러지는 쇠그물처럼
언어의 새장 안에 내 영혼을 가두려 했네
물러가라 언어들아
광야의 예수처럼 나는 소리쳤지

유니콘처럼 몸이 빛나는 말 한 마리가 내 심장이었으므로

언어가 펼친 기문둔갑을 황금말발굽으로 깨뜨려버리는 뿔이 난 말 한 마리가 내 미래였으므로

— ≪정신과표현≫(2007. 봄호)

화자는 "선물로 주어"진 말을 타고 "언어의 천산산맥으로부터/벌판으로 내려가"고 있다. 여기서의 "말", "천산산맥", "벌판" 등은 일종의 상징이다. '말'은 시인을, "천산산맥"은 높은 언어의 경지를, "벌판"은 현실의 삶을 뜻한다. 따라서 이 시는 시인의 자격을 얻은 화자가 높은 언어의 경지에서 시를 쓰며 현실의 삶을 향해 내려가는 과정을 담고 있다고 할 수 있다. 그런 과정에 화자가 가장 먼저 자각하는 것은 언어의 천산산맥이 "가시덤불로 우거져 있"고, "모서리가 날카로운 바위함정으로 굳어져 있"다는 점이다. 이런 까닭에 그는 "번개가 쳐 언어들이" "무너져 내리기 전에/숲과 강이 펼쳐진 대평원으로 내려와야" 한다고 되뇐다. 하지만 그 길은 "마왕과 요괴"의 언어가 매복해 있는 "협곡"이다. 마왕과 요괴는 그에게 "언어의 사원에는 왕국과 미인과 부귀"와 "지식과 명예와 신분이 있"다고 유혹한다. 그러나 그는 언어를 우상화하는 것은 "언어의 새장 안에" "영혼을 가두"는 일이라고 생각한다. 화자가 "물러가라 언어들아"라고 "광야의 예수처럼" 소리칠 수 있는 것도 바로 이 때문이다. "유니콘처럼 몸이 빛나는 말 한 마리"의 심장으로 언어의 "기문둔갑을 황금말발굽으로 깨뜨려버리"려는 것이 그의 미래라는 점을 알 필요가 있다.

김병호

엉거주춤

허리를 비끗한 어머니가
끕끕한 더위를 버티지 못하고
대문을 꼭꼭 닫아걸고는 등목을 해달라 하기에
남세스럽게 다 큰 자식을 부려먹는다며
퉁을 놓고 버티다, 못 이기는 척
수돗가로 따라 나섰다

길고 가파른 밭고랑을 써레질하던
강마른 소의 등허리 같기도 하고
뒤안에 감또개 떨군 단감나무 같기도 한
어머니의 엉거주춤한 뒷모습이 낯설어
물 한 바가지 끼얹고, 잠시 망설이는데
고목에 눌러 붙은 이끼처럼 어머니 몸에 핀 검버섯들
한때 처녀였고, 어머니였던 흔적들

그 흔적들 씻어내려 서둘러 알뜨랑비누로 문지르는데
뜬금없이 고목에 핀 꽃처럼 피어나는 비눗방울들
어머니는 금세 봄꽃처럼 화사하게 부풀고
물줄기로 비누 거품을 날리자
고목은 다시 가을이 되는데

꽃이 피는 것보다
나무가 잎을 띄우는 것보다
아이의 붉은 잇몸을 뚫고 하얀 이가 솟는 것보다
어미된 목숨만큼 아픈 게 또 있을까

힘겹게 엉거주춤 앉은 어머니는
간지럽다며 연신 웃음만 삼키는데
검버섯은 좀처럼 지워지지 않고
알뜨랑비누는 자꾸 미끄러지기만 하고
대신에 풀솜을 펴놓은 듯 가볍게 둥실 뜬 구름이
건너 산 능선을 뭉개고 있었다

— ≪시인세계≫(2007. 가을호)

시는 다양한 생의 운율들의 보관창고라고 할 수 있다. 이 시인의 시는 넓은 음역을 형성한다. 이야기와 음악은 크게 다르지 않다. 한 편으로는 이야기를, 다른 한 편으로는 신음을 담고 있는 것이 이 시이다. 이 시에서는 침묵과 신음이 어머니를 대상으로 하여 생의 여러 경로를 거친다. 이야기에서 시로 이행하면서 더 깊고 아픈 소리를 내고 있다. 어머니라는 존재처럼 일상에서 잘 부풀어 일어나는 대상이 또 있을까? 시인은 늘 힘겹게 엉거주춤 앉는 어머니를 통하여, 자꾸 미끄러지기만 하는 어머니의 생을 통하여, 그 흔적을 통하여, 생을 아우르는 아픈 음악을 만들고 있다. 시인이 어머니를 드러내는 진정한 까닭은 어머니와 다를 수 없는 자아에 있다. 생의 능선을 뭉개고 엉거주춤 앉아 있는 한 시인을 발견하게 된다.

김상미
이정표

늘 배가 고프다
잘못 살아왔다

반짝이는 햇빛 한줌에도 살아있는 게 너무나 아파
여태껏 걸어온 길 너머 또 길이 보이지 않는다

어디로 가야 하나
내 안에 있는 모든 것들이
추락하는 비행기처럼
내 마음을 산산조각 내고 있다

저 멀리 보이는 화려한 이정표들
낯선 곳도 내 안이고
익숙한 곳도 내 안이고
새로운 곳도 내 안일 텐데

나를 축적해 배부르고 안전했던 삶의 모퉁이들은
아직도 매일매일 사라지는 것들과 색색으로 포효하며
놀아나고 있다

온전히 살아서 비바람 속에서도 집을 지킨 자여,

행복한 꽃다발 속에서도 시들어 가는 꽃들이여,
죽음의 기운으로 더욱 생생해지는 삶이여,

외로운 공기들이 뱃속을 맴돌며 내는 트림 소리를 들어
보라
죽은 자들이 퍼올린 배고픈 흙에 서식해 사는
저 가엾고, 우스꽝스럽고, 잔인한, 세상의 클랙슨 소리를
그대들의 따뜻한 밥 한 공기가 너무도 그리워
날마다 길 위에서 손 흔드는 이정표의 격정을!

— ≪현대시학≫(2007. 11)

이 시인은 항상 시에서 단조로운 서술과 나열, 군더더기에 불과한 비문들을 걷어내고 현실과 서정 사이의 긴밀성을 확보한다. 이 시인이 살아온 이정은 늘 배고프고 시인이 생각하기에 잘못 살아왔다고 믿고 있다. 때로는 이정표가 불확실하고 조각나 있어서 어디로 가야할지 모른다. 이정표는 길을 알리는 확실성이 있어야 함에도 불구하고 이 시인의 이정표는 매일매일 사라지고 색색으로 바뀌고 소리내며 마치 놀이처럼 놀아나며 제 기능을 다하지 못한다. 이 시인이 생각하고 있는 이정표는 격정적으로 손을 흔들고 서있지만 이정표를 바라보고 오는 모든 자들의 외로움, 죽음, 배고픔, 가엾음, 우스꽝스러운, 잔인한 것들이 클랙슨 소리를 내며 이정표 앞에 선다. 이 시인에 이정표는 미완성된 꿈의 공허한 운명이 아니고, 존재의 실체를 끊임없이 변모시키고 현시하는 이정표다.

김 석 환

새벽 약수터에서

둥근 얼굴이 반쪽만, 뼈만 남도록, 아예 검게 타 어둠이 되도록 품어 안고 몸살을 앓던 옹달샘 물을 봐 태연히 월인천강지곡을 읊으며 꼬리를 감추고, 맑고 외로운 혼들만 골라 서방질을 하는 달을 봐 날마다 도장을 찍어도 어디 흔적이나 있느냐 능청스레 서산을 넘고, 살 비린내 자욱한 간통 현장을 목격한 나무들 그린벨트 지역에서 그건 범죄가 아니라고 우리는 모두 그들의 사생아, 상습적인 공범이라고 묵비권을 행사할 뿐

물 달 물 달 몸통은 보이지 않고
계곡은 오리무중
ㄹ ㄹ ㄹ ㄹ 종성만
깨어진 플라스틱 국자에 고이네

막힌 혈관 뚫어 주고
어두워진 시력도 회복시켜 준다는
무상의 만병통치약

— ≪딩하돌아≫(2007. 봄호)

새벽 약수터에 가보라. 옹달샘이 뼈만 남도록 어둠을 품어 삭힌 물을 몸 밖으로 내보낸다. 어디 그 뿐이랴. "맑고 외로운 혼들만 골라 서방질을 하는" 달을 보게 될 것이다. 인위적인 작태란 어디에서도 찾아볼 수 없다. "물 달 물 달 몸통은 보이지 않"지만 우리는 시원의 아침에 가 닿을 수 있으리라. 도심의 찌든 때를 옹달샘과 달을 통해 말끔히 씻을 수 있으리라. 시인은 맑고 순수한 세계를 새벽 약수터를 통해 터득한다. 그것은 막연히 세파에 "막힌 혈관 뚫어 주고/어두워진 시력도 회복시켜 준다는" 사실에만 주목해서는 안된다. 새벽 약수터를 통해 자연의 이치를 터득한 시인의 아름다운 마음을 읽어야 한다.

김선태

서해에서

굴곡진 해안선마다 어머니 기다란 치맛자락 휘휘 늘어져 있다.

허리까지 숭숭 빠지는 갯벌은 넉넉하고 깊은 그늘을 드리우고 있다.

삶의 온갖 기쁨과 슬픔이 녹아 있는 저 진창의 노래판,

파란만장의 바다가 얼씨구절씨구 어깨춤 추며 어디로 가고 있다.

이윽고 일몰의 수평선 너머로 붉디붉은 가락 하나가 저문다.

잘 삭은 적막,

절창이다.

— ≪현대시학≫(2007. 10)

이 시의 화자는 지금 서해의 어느 한 지점에서 "굴곡진 해안선"을 바라보고 있다. 이 해안선으로부터 그가 맨 먼저 떠올린 것은 "휘휘 늘어져 있"는 "어머니 기다란 치맛자락"이다. 썰물이 되면 이 치맛자락은 곧바로 갯벌을 만든다. "허리까지 숭숭 빠지는 갯벌은" 마치 "넉넉하고 깊은 그늘을 드리우고 있"는 것 같다. 화자에게 이때의 그늘은 "삶의 온갖 기쁨과 슬픔이 녹아 있는" 한판 "진창의 노래판"으로 느껴진다. 그리하여 화자에게는 "파란만장의 바다가 얼씨구절씨구 어깨춤 추며 어디로 가고 있"는 것으로 보인다. 일몰의 풍경을 그가 "수평선 너머로 붉디붉은 가락 하나가 저문다"고 표현하고 있는 것도 이런 상상력과 무관하지 않다. 그러니까 이 시의 화자는 시방 서해안 어디쯤에 앉아 일몰의 풍경을 바라보며 연상하는 이미지를 자연스럽고 순정하게 그려내고 있는 것이다. 무엇보다 연상의 과정이 재밌다.

김신영

잔칫집

내 아이디와 패스워드를 입력하니
내 집에 손님이 많이 와 있다
입구에는 선물도 있고 은화와 도토리까지 한 다발
씩……
초대장도 많다 내가 가야할 곳이 저리 많다니
모든 사람들이 들어와 한 자리씩 차지하고
빨리 오라고 손사래를 친다
……

모두들 여기 있었구나
여기에 모여 있었구나
패스워드가 생각이 나야지
한참을 밖에서 서성거렸어
몇 번을 뒤적여서 간신히 들어왔지
여기가 내 세상이구나
모두들 반가워

그런데 너희들은 모두 누구니?
내 집에서 발을 쭉 뻗고 잠을 자면서
내가 모르는 너희들이 주인 같아
전에 내가 사진을 보냈는데

사진이 들어가 앉을 자리가 없다고 돌아왔었지
집안에 들어가지도 못하고 말이야
······
안되겠다
다른 집으로 이사를 가는 편이 빠르겠어
전에 없었던 놈들도 잔뜩 있는 걸 보니
쫓아내도 또 어디선가
이름만 바꾸어 다시 올 파렴치한들이구나

탈퇴하시겠습니까? 저장된 자료는 모두 삭제됩니다.
예, 잔칫집에서 더 이상 앉아 쉴 수 없어 방을 뺍니다.
이 많은 방에 있는 짐들은 모두 이사갑니다.

— ≪시작≫(2007. 여름호)

잔치의 의미, 잔칫집의 의미가 이렇게 바뀐 것을 보니 세상이 십수 년 상간에 참 많이도 달라졌다. 사람과 사람 사이의 의사소통과 정보교환이 이제는 타인과 얼굴을 맞댄 상황에서 이루어지지 않고 컴퓨터라는 기계를 눈앞에 두고 이루어진다. 대한민국은 이른바 'IT 강국'이 아닌가. 아이디와 패스워드를 입력해야만 잔치를 벌일 수 있고 잔칫집에 갈 수 있다. 이 시를 읽으니 앞으로 '이사'의 의미, '방을 빼는 것'의 의미가 달라질 수도 있겠구나 하는 생각이 든다. 사람과 사람 사이를 기계가 가로막고 있다고 하여 비정한 이 세상을 부정할 수도 없다. 그래서 시인은 "한참을 밖에서 서성거렸어/몇 번을 뒤적여서 간신히 들어왔지/여기가 내 세상이구나/모두들 반가워" 하면서 사이버상에서의 만남을 기뻐하는 것이 아니겠는가.

김연성

벼랑에 서다

눈물은 혼자였다 오래 참다 뚝 떨어지는 순간, 저 바닥
까지는 천길 벼랑과 같다 아무도 푸른 수심을 알 수 없었
다 떨리는 손으로 전화기를 움켜잡았지만 어떤 번호도
떠오르지 않았다 숫자로 호명할 수 없는 많은 얼굴들이
스쳐갔다 눈물을 보이지 않으려고 다만 두 주먹을 불끈
쥐었을 뿐이다 천천히 고개를 돌려 창밖을 쳐다보았을
뿐이다 바람 한 점 없는 풍경은 적막하였지만 어두워지
는 도시를 내다보면서 그는 괜찮다고 속으로 중얼거렸다
함부로 눈물을 보이지 않으려고 동료들에게 말을 걸었을
뿐이다 이제 이 더러운 세상과는 당분간 무관심한 사이
가 되는 것이다 하루를 어떻게 외면했는지 모른다 시간
이 씨발時가 되자 연기처럼 사무실을 빠져나와 짧은 사
거리를 빠르게 흘러갔다 지하철은 코뿔소처럼 캄캄한 땅
속 어딘가에서 컥컥거리며 튀어나올 것이다 곧 낯선 얼
굴들이 벼랑역에 또 도착할 것이다 하루 종일 누군가가
이야기를 나누고 싶었다

다음 달부터 출근하지 않아도 된다는 통보를 받았을 때
미안하다는 상사의 표정 너머로
어서, 가족이 보고 싶었지만 결국 혼자인 것이다
그는 여전히,

— ≪현대시≫(2007. 2)

실직 가장의 암담한 하루가 잘 묘사되어 있는 작품이다. 다음 달부터 출근하지 않아도 된다는 통보를 받은 날, 가장은 "시간이 씨발時가 되자 연기처럼 사무실을 빠져나와" 인파에 휩쓸린다. 실직자에게 지하철역은 '벼랑역'이다. 한시 바삐 집에 가서 가족의 얼굴을 보고 싶지만 가장이기에 그는 자신의 처지를 털어놓을 수 없을 것이다. 등에 진 십자가를 팽개칠 수 없는 실직 가장, 눈물도 숨어서 혼자 훔쳐야 한다. 심리 묘사가 웬만한 심리소설 이상으로 잘 되어 있다.

김영남

호수에서 추억을 빼다보니

호수가 오리 염주를 굴리고
딱따구리가 목탁을 치는
여긴 어느 나라 적멸보궁일까?
산 바위도 가부좌 틀고 앉아있는
저 물 위의 안개는?

네 없으므로 인해
이 안타깝고 안타까운 평화
저 비오리 가족들의 아름다운 행진
괜히 아려오는 물, 그리고 그 물의 맑고 깊음
그들에 대한 그들 서로의 적막함
이들과 상관없이 어딘가로 괴어오는 고통 한 웅덩이

쑥부쟁이 꽃들도 그런 웅덩이에서 나를
골똘히…… 이상히…… 쳐다보고 있어
무너지고 무너지고 또 무너짐이여
캄캄한 세상 모든 것들이여
굴리다 마는 염주, 떨어지는 상수리여

— ≪문학사상≫(2007. 12)

풍경 묘사가 무척 낯설게 전개된다. 호수 위를 오리가 헤엄쳐 가는 것이 아니라 호수가 오리 염주를 굴리고 있다고 한다. 딱따구리가 목탁을 치고 산 바위도 가부좌 틀고 앉은 호숫가에 이르러 시인은 "이들과 상관없이 어딘가로 괴어오는 고통 한 웅덩이" 를 생각한다. 이 추억의 장소에 왔건만 지금 내 곁에 네 가 없기 때문이다. 네 없음으로 인해 안타깝기 짝이 없 는 풍경이다. 자연이 아무리 아름답다고 해도 자연과 나만 있고 네가 없다면 캄캄한 세상이 아닌가. 이 캄캄 한 세상에서 내 마음도 무너지고 무너지고 또 무너진 다. "굴리다 마는 염주, 떨어지는 상수리여"라고 깊이 탄식하는 이유는 이별 때문인가, 거리감 때문인가. 추 억조차 빼버리면 고요한 호숫가에 와서 울고 싶을 뿐이 겠지.

김완하

옹이 속의 집

상월초등학교 플라타너스 둥치에
딱따구리가 나무 파던 흔적 남았다
우듬지부터 둥치 따라 내려오다가
깊게 파인 구멍 하나 찾았다
나무의 옹이 아래 딱따구리는 둥지를 묻고
수없이 구멍 드나들며 하늘 물어오고
어둠을 길어 냈을 것이다
딱따구리가 밤마다 둥지 팔 때
허공 속에서는 목탁이 울었다
하늘에 별들도 그 소리에 귀를 열고
더 또렷이 빛이 났다
딱따구리는 나무의 가슴 길어 올리며
어둠을 파내 밤을 뚫고
끝내 한 칸의 새벽을 지어내
비로소 살아있는 한 채 집이 되었다
거기 한철 지내던 딱따구리 새끼 쳐 나갔다
나는 그 안을 들여다 볼 수 없어
까치발 들고 나뭇가지 밀어 넣어도
그렇다, 이 구멍은 끝내 닿을 수 없는 것이다
몇 날 밤 딱따구리 부리는 파고들어
플라타너스 옹이에 고인 어둠을 찍었다

나무의 멍든 가슴을 재워
허공이 지은 집 한 채
아직도 밤마다 어둠 속에서는
고요의 빗장을 푸는 딱따구리 살아 있다

         — ≪문학사상≫(2007. 12)

새들은 어디에 집을 짓는가? 딱따구리는 어디에 제 집을 새기는가? 시인은 플라타너스 우듬지부터 집을 짓기 위해 파내던 흔적을 따라 내려오다가 나무의 옹이 아래쯤에 큰 구멍 하나를 발견한다. 딱따구리가 옹이에 고인 어둠을 찍어댈 때 허공 속에서 더 또렷한 목탁소리가 났다. 이를 듣는 시인은 우주의 만물들이 소리 속에서 깨어난다는 새로운 상을 획득한다. 이 시에서 '옹이'와 '구멍'과 '집'은 탄생의 고통과 생의 어려움을 지니면서 동시에 휴식과 재생의 의미를 지닌다. 그것은 생이 발원하는 '집'으로 통한다. 그렇다. 딱따구리가 살다 떠난 집, 그러나 그 빈 둥지에는 오늘도 허공이 들어와 고여 있다. 허공 속에서 딱따구리들이 두드리는 힘찬 소리는 세상을 환히 밝히는 목탁소리다.

김왕노

어머니 경

　어머니 삭아져내린 저 조그만 몸뚱이가 크나큰 경이시다.

　지치고 주름진 어머니를 바라보다 어머니 온몸이 경이라는 생각, 6·25때 월남해 고향 함흥의 부모형제를 지금껏 그리워하는 어머니, 비린 눈물에 젖은 경이라는 생각, 바람에 자꾸 나부끼는 자식을 빨래집게같이 꼭 집고 색바래져가던 어머니가 경이라는 생각, 자식 때문에 억장 무너지고 5·18 광주사태 때 사라진 형을 위해 마당 가득 불 켜놓고, 지금껏 쉬 잠들지 않는 세상 모든 어머니의 모습이 경이라는 생각, 나 당신으로 수원으로 서울로 늦은 눈발처럼 떠돌지만 난 어머니 경을 한 번도 손에서 놓지 않았다. 언제나 나를 환히 켜두고 그 아래 어머니 경을 펼쳐놓았다. 때로는 어머니 경속에 들어가 감기 기운이 떠나가도록 몸져눕기도 했다. 울기도 했다.

　오늘 밤도 나를 환히 켜고 그 아래 어머니 경을 펼친다.

　멀지 않아 분서갱유의 날이 와 어머니 경 불살라질 테지만 어머니 한줌 재가 되더라도 결국은 사라지지 않을 영원불멸의 경이시다. 모든 제국의 경이시다.

— ≪불교문예≫(2007. 여름호)

세상의 어머니들이 경이 될 수 있는 까닭은 그 품안에 자식을 품고 있기 때문이다. 영적이고 마술적인 힘을 지닌 종교의 경전처럼, 어머니는 자식들에게 하나의 마술이고 종교이다. 불행한 우리의 현대사를 온몸으로 해쳐온 시인의 어머니는 오직 자식만을 온전히 지켜내기 위해 자신을 불사르다 경이 되었다. 경은 자식들의 마지막 보루다. 그리하여 지상의 자식들이 사라지지 않는 한, 경이 불살라지는 분서갱유는 절대 없을 것이다. 어머니들이 위대한 또 하나의 증거이다.

김유선

사람이 물이다

물에는 점성성이 있어서
혼자 가지 않는다
무엇이든 끌고 간다
물이라도 끌고 간다
오늘은 네가 나를 끌고 가니
네가 물이다
떨어져도
흔적 거기 있다
너의 강물 속에서 넘어지고 엎어진
나의 세월, 생각해 보면 내 강물에서 너도
분리수가 되지 않는다
내가 끌고 온 세상의 잡동사니
그 속에 언뜻, 보물도 보인다

결국 우리는
서로 끌려가는 물이다, 헤어져도
서로를 끌고 가는
강력한 점성성의,
그래서 한강에 서면 한국인의 냄새가 난다
너의 생마늘 냄새가 난다.

— 《문학공간》(2007. 8)

네가 강물처럼 나를 끌고 간다는 시적인식은 헤어져도 서로를 끌고 갈 수밖에 없다는 점성성의 운명적 인식으로 매듭을 짓는다. 강물 속에서 엎어지고 넘어진들 그 자리가 다시 강물이기에, 강물은 운명이 될 수밖에 없는 것이다. 그러나 그러한 운명은 혼자가 아니고 함께 하는 것이기에 외롭지 않다. 시인은, 사람은 혼자 가지 않는다고 말한다. 이것이 바로 사람의 노릇이다. 그 노릇 안에 바로 사람의 한 생이 있고 삶의 흔적과 보물이 있기 마련이다.

김 윤

손 띤 마담

금방 내린 저 손님 손 띤 마담인디유 서천바닥이 다 알
지유 나헌티 얼른 수작을 걸더니 내가 셋집 산다고 허닝
께 확 돌변하네유 옛날엔 저 마담이 절에다 돈도 많이 갖
다 바치고 잘 나갔지유 내가 그 중을 태워줘서 아는디 암
튼 괜찮었지유 손만 내밀믄 수작이 다 통했구유 누군덜
한 때가 없남유 동백꽃 보러 갔다가 해풍에 동백꽃잎 다
져버리고 아직 붉디붉은 손 띤 마담을 보네 뒷모습 묵은
동백나무처럼 튼실하고 윤기나고 또 조금 시큰둥 하기도
해서 나 손 떼었나 하고 내 손바닥 자꾸 바라보네 나 영
업중이고 싶은데, 수작 통하고 싶은데, 머리에 동백꽃 꽂
고 싶은데, 손금 속 강물 한 줄기 시퍼렇게 흘러가는데,
그 물 퍼서 물장수 해야 하는데, 벌써 손 떼라고 자꾸 부
추기는 신작로 불빛, 고깃배들을 딛고 달아나던 어스름
바다가 비릿하게 눕네 누구 손 잡고 싶네

— ≪현대시학≫(2007. 1)

식욕과 배설의 사슬에서 벗어나는 것처럼 마담에게서 손을 뗀다. 또는 먼저 마담이 손을 떼기도 한다. 식욕처럼 집요한 모든 환각적 속성에 주목하는 마담. 사로잡히기도 하고 불쾌하기도 하면서, 큰 연민 속에 빠져 있다. 아직도 수작 통하고 싶은데 손 떼라고 부추기는 두 욕망이 충돌하는 무대에 서 있는 사람이 마담이다. 손 띤 마담은 손 띤 마담이기 보다 욕망과 세계에 승인받고 싶은 아직도 손을 떼지 못한 대상이기도 한다.

김윤환

목련이 피는 자리

출근시간을 놓친 아내
다급한 눈에 고인 서러움

눈물로 젖었을
행주도
봄볕에 마르련만

잎도 없이
피어버린 봄

그녀가 떠난 자리
한 잎
편지가 쌓인다.

― ≪시와문화≫(2007. 여름호)

우리들의 일상은 언젠가부터 사랑을 느끼기에 도 너무나 분주해졌다. 가족의 안정을 위해 더욱 분주해져야 하는 역설적 봄 풍경, 마치 잎도 없이 꽃이 먼저 피어버리는 목련처럼 우리들의 아내들은 너무도 빨리 꽃잎을 떨군다. 꽃도 없이 잎만 무성한 철지난 목련나무처럼 그저 빈틈없는 일상만이 무성한 아침. 문득 목련꽃 한 잎 떨어진 자리에서 아내의 서러움이 느껴진다. 자본의 홍수 속에서 행복한 삶을 꿈꾸기란 여간 어려운 게 아님을 이 시는 단아하게 보여준다.

김지순

마중물을 내리다

정동 시립도서관 앞에는 녹슨 펌프가 있었지
햇살을 갉아먹고 눈보라에 젖다가
거대한 수맥에 뿌리 내릴 발소리 듣고 있었지
창가의 라일락 향기 들락거리다 사라질 동안
책 속의 문자들은 대륙의 질긴 황사를 날려 보냈지
한 바가지 마중물로 펌프질이 시작되고
자료실에서 만난 그 남자, 말달리기는
연신 짜릿한 뒷맛만을 다시게 했는지도 몰라
나는 싱싱한 원시림의 행렬 속으로 빨려들었다가
다시 숨가쁜 책의 고원으로 접어들었던가
붉은색 그 남자의 말들이 거친 갈기를 흔들며
살갗 아리게 씻겨내는 염생초원을 지날 땐
행간의 늪으로 발이 푹푹 빠지기도 했었지
끝없는 사막의 물줄기를 짚어내기도 했었지
접었다 펼쳤다 하는 무거운 시간들이 가벼워
짐짓 신기루라도 잡은 양 수작도 부렸지
그 남자의 말들은 꼬리조차 사라져 버려
꼬르륵 꼬르륵 물 빠지는 소리가 나기도 했지
모래 바다 한가운데 선 초록빛 타마리스크 나무
산발한 뿌리로 깊은 물을 길어 올렸지
오래된 그 남자가 서늘한 말갈기를 세우는데

누군가의 복류천에도 물줄기가 펑펑 솟아났지
어느새 거친 말의 초원에도 실뿌리 돋아
수백 미터 암반 지하에 마중물을 내리고 있었지

— ≪시에≫(2007. 가을호)

마중물은 펌프로 물을 퍼 올릴 때, 물을 끌어올리기 위하여 먼저 윗구멍에 붓는 물이다. 그러나 이 마중물은 시인의 뛰어난 통찰에 의해 새로운 세계로 태어난다. 서늘한 마중물이 그러하다. 도서관 입구에 오래된 펌프가 있다 그 펌프는 상징이다. 한 바가지 마중물은(상징의 물) 시원의 물까지 닿을 수 있어 누군가는 각종 도서나 자료실을 뒤져, 선지자(그 남자)를 만나 (언어)말들의 고원을 달린다. 책 속에 인생이 있다고 하지 않았던가. 책 속의 행간에 빠져 염생초원과 사막을 만나 발이 빠지기도 하고 알량한 신기루도 만났다고 허세도 부리지만, 누군가의 인생 복류천에는 펑펑 물이 솟고 실뿌리 돋아 거친 말들이 내달리고 있다. 수백 미터 암반수까지 마신 말들은 호방한 언어와 청청한 언어의 갈기를 휘날리며…… 미지의 세상을 향해 달리고 또 달린다.

김희업

억압의 역사
― 쥐

처음부터
길을 몰랐던 건 아니에요
그렇다고 길을 잘못 든 건 아니에요
그깟 미로쯤이야 못 찾을 리 없어요
살찐 내 엉덩이에
다량의 알코올을 투여하고부터
매일매일 집으로 걷던 길
어찌 된 일인지
집을 못 찾겠는걸요
비좁은 통로를 지나면
등불 꺼진 지붕 위에 딱 버티고 서 있는
수많은 고양이들 저주스런 눈빛
주위를 살피면 틀어막힌 구멍뿐
모두가 계획된 것임이 분명해요
그럼에도 집을 찾아 나서야 해요
지도에 없는 지름길
길은 모두 칸막이로 막혀 있어요
너무 멀리 돌아왔나요
나의 궤적을 멀찌감치 지켜보는
나는
집 잃고

길 잃은
미궁에 빠진
한 마리 실험쥐

— ≪시로여는세상≫(2007. 가을호)

詩 2008 쥐의 해이다. 쥐는 알고 보면 참 서러운 동물이다. 고양이의 천적인데다 곡식을 축내고 흑사병을 옮기는 주범으로 몰려 중세 이래 나쁜 동물로 치부되어 왔다. 게다가 전 세계의 실험실에서 실험의 대상이 되어 온갖 주사를 맞고 질병을 앓다 죽는다. 흡사 군국주의 일본의 군의관들 손에 운명이 맡겨진 마루타처럼. 그런데 다량의 알코올을 투여하고 미로를 헤매는 쥐 같은 존재는 바로 나다. 나야말로 억압의 역사를 살아온 쥐와 조금도 다를 바 없다. 술에 잔뜩 취해 집 잃고 길 잃은 나야말로 미궁에 빠진 한 마리 실험쥐이다.

나 태주

구름지도

가을이 깊어지면 산 속 다람쥐들은
겨울 양식으로 가을열매나 씨앗들을 주워
땅 속에 굴을 파고 모아둔다 그런다
(이미 우리가 아는 이야기다)

마지막 작업을 마치고 나서는
하늘을 우러러 거기 떠있는 구름 한 장을 정하여
먹이가 있는 곳의 위치를 기억해둔다 그런다
이른 바 구름지도인 셈이다
(아직 우리가 알지 못하는 이야기다)

그러나 구름은 한 자리에 머물러 있을 수 없어
다람쥐들은 끝내 구름지도를 잃어버리고
먹이가 묻혀있는 곳을 찾지 못하고 만다 그런다
그래서 봄이 되면 엉뚱한 곳에 도토리나무나 단풍나무,
상수리나무 어린 새싹들이 무더기로 생기기도 한다 그
런다
다람쥐들의 어리석음의 공로인 셈이다
(더욱 우리가 알지 못하는 이야기다)

또다시 저물어 가는 가을,

나도 다람쥐들처럼 구름지도 한 장
가슴속에 마련해두고 살고 싶다
구름지도를 올려다보는 다람쥐 같은
맑은 눈동자를 꿈꾸며 살아가고 싶다.

— ≪문학마당≫(2007. 봄호)

詩 2008 하늘을 흐르는 구름에 겨울양식을 모아둔 자리
를 표시해놓는 다람쥐들의 구름지도는 순한 동
화일 수도, 어리석음을 깨치는 우화일 수도 있다. 그러
나 정작 시인이 깨닫는 것은 다람쥐의 맑은 눈동자다.
세상을 풍요롭게 만드는 것은 투입과 산출의 합리적 결
과만을 추구하는 경제논리가 아니라 그것들을 차마 계
산하지 않는 순한 어리석음(?)일 것이다. 시의 한 그늘
에는 잔뜩 모아둔 겨울양식을 잊고 추운 겨울을 헤맸을
다람쥐들에 대한 걱정이 없는 것은 아니지만, 뜻하지
않게 세상 구석구석 무더기로 피어난 어린 새싹들에 더
한 푸르름으로 그 걱정을 덮는다. 우리는 지금 다람쥐
들이 지닌 그 맑은 눈동자에 빚을 지고 살아가는 건 아
닐런지.

나 희 덕

저 물방울들은

그가 사라지자
사방에서 물소리가 들려오기 시작했다

수도꼭지를 아무리 힘껏 잠가도
물때 낀 낡은 씽크대 위로
똑, 똑, 똑, 똑, 똑 ······
쉴 새 없이 떨어져내리는 물방울들

삶의 누수를 알리는 신호음에
마른 나무뿌리를 대듯 귀를 기울인다

문 두드리는 소리 같기도 하고
발자국 소리 같기도 하고
때로 새가 지저귀는 소리 같기도 한

저 물방울들

물방울 속에서 한 아이가 울고
물방울 속에서 수국이 피고
물방울 속에서 빨간 금붕어가 죽고
물방울 속에서 그릇이 깨지고

물방울 속에서 싸락눈이 내리고
물방울 속에서 사과가 익고
물방울 속에서 노랫소리가 들리고

멀리서 물관을 타고 올라와
빈 방의 침묵을 적시는 물방울들은
글썽이는 눈망울로 요람 속의 나를 흔들어준다
내 심장도 물방울을 닮아
역류하는 슬픔도 잊은 채 잠이 든다

똑, 똑, 똑, 똑, 똑, 똑 ……
빈혈의 시간 속으로 흘러드는 낯선 핏방울들

— 《문학수첩》(2007. 봄호)

이 시는 "그가 사라지자" "들려오기 시작"한 물 소리로부터 출발된다. 물소리는 "낡은 씽크대 위로" "쉴 새 없이 떨어져내리"는 외적 존재이다. 이 외적 존재는 시인이 "귀를 기울"이면서 이내 내적 존재로 변이된다. 시인이 이를 "문 두드리는 소리 같기도 하고/ 발자국 소리 같기도 하"다고 연상하는 것도 여기서 비롯된다. 이와 관련해 확인해야 할 것은 첫 행의 "그가 사라지자"라고 했을 때의 '그'이다. '그'가 무엇인지를 알아야 시인이 외적 자아를 포기하고 내적 자아를 갖게 된 근거를 짐작할 수 있기 때문이다. 일단 '그'는 헤어진 연인이라고 유추된다. 연인과 헤어지면서 내적 자아를 갖게 되는 것은 흔한 일이다. 중요한 것은 "그가 사라지자" "물소리가 들려오기 시작했다"는 점이다. 그렇다면 '그'는 시인이 내적 자아를 갖지 않을 수 없게 한 어떤 무엇이라고 할 수 있다. '그'가 역사나 현실 등 외적 존재라고 할 수 있는 소이가 바로 여기에 있다. 이들 외적 존재에 대한 관심이 사라지자 시인은 물방울 속에서 "한 아이가 울고", "수국이 피고", "빨간 금붕어가 죽"는 등의 몽상을 할 수 있는 것이다. 물방울 소리를 "빈혈의 시간 속으로 흘러드는 낯선 핏방울들"로 인식하는 것도 이와 무관하지 않다.

남진우

마술사

그는 불을 먹는 마술사였다
한 입 가득 불을 머금고 머리 위로 뿜어내면
천막 아래 둥근 무지개가 그려지곤 했다

그때마다 아이들은 손뼉을 치고
아가씨들은 외마디 소리를 지르곤 했다
때로 그는 불로 허공에 글씨를 쓰기도 했고
신이 나면 불새들이 깃을 치며
그의 입술 사이로 빠져나오기도 했다

그때마다 사람들은 환호했고
그네에 매달린 난쟁이가 불어대는 나팔소리에
불의 무지개를 넘나들던 새들이 폭죽처럼 터져나갔다

그는 불을 먹는 마술사였다
식탁에 차려진 빵과 고기를 외면하고
밤이면 밤마다 독한 술만 몸속으로 부어넣었다
그가 앉았다 일어난 자리마다 검게 탄 자국이 남곤 했다

불을 먹고 불을 토해내며 그는 세상을 떠돌았다
아이들이 손뼉을 치고 아가씨들이 소리 지르는 동안

앙상하게 뼈만 남은 그는
어느 날 마지막 힘을 쥐어짜 불을 마셨다

타오르는 불이
그의 목구멍 속으로 잠겨들었다 다시 뿜어져 나오는
순간
거대한 활화산이 폭발하는 소리와 함께
검붉은 용암이 사방으로 흘러나왔다
아이들이 소리 지르고 아가씨들은 달아났다

불을 먹는 마술사가 쓰러져 죽은 자리
사람들은 작은 비석을 세웠다
— 여기 불을 마시고 무지개를 피워낸 마술사 잠들다

오랜 세월이 흐른 후
온몸에 불을 붙이고 거리를 달리는 젊은이들이
하나 둘 보이기 시작했다

— 《현대시》(2007. 1)

"불을 먹는 마술사"인 '그'를 중심으로 하는 인물형상의 시이다. 물론 난쟁이나 아이들, 아가씨들 등은 덧붙여진 인물형상이다. 이 시에서 마술사는 "한 입 가득 불을 머금고 머리 위로 뿜어내면/천막 아래 둥근 무지개가 그려지곤" 하는 특별한 존재이다. "신이 나면 불새들이 깃을 치며" "입술 사이로 빠져나오기도" 하는 것이 마술사이기 때문이다. 이런 마술사에게 사람들이 환호하는 것은 당연하다. 그러나 그는 "식탁에 차려진 빵과 고기를 외면하고/밤이면 밤마다 독한 술만 몸속으로 부어넣"는다. 그래서일까. "그가 앉았다 일어난 자리마다 검게 탄 자국이 남곤" 한다. "앙상하게 뼈만 남은 그는/어느 날 마지막 힘을 쥐어짜 불을 마"신다. 불은 이내 "활화산이 폭발하는 소리와 함께/검붉은 용암이" 되어 흘러나온다. 그가 죽자 사람들은 비석을 세우고 "여기 불을 마시고 무지개를 피워낸 마술사 잠들다"라는 글을 새긴다. 이로 미루어 보면 마술사가 피워낸 무지개는 젊은이들의 꿈과 이상을 상징한다고 할 수 있다. 물론 여기서의 마술사는 시인을 포함한 예술가 일반을 가리킨다.

노 향 림

당인리

경비행기 한 대가 소리없이 날아간다.
비행운의 꼬리가 잘린 채
절두산 성지 돔에 걸려 있고
기댈 곳 없어 목 잘린 굴뚝들에 기대선 당인리.

실루엣으로 흔들리는 깡마른 몇 사람
강변 계단에서 발 저는 비둘기 부르는 소리
구구구 희미하게 흩어진다.

샛강 쪽으로 쓰러진 샛길 하나 겨우 일어선다.
젖은 갈대 줄기에 실다리를 감은
방아깨비와 실잠자리들
아직도 낮잠에서 깨어나지 않는다.

연기도 나지 않은 굴뚝들 위로 불씨 같은 해가
일직선으로 각도를 맞춘다.
눈이 시린 나는 해를 똑바로 바라볼 수 없다.

문득 양화대교 위 달리는 소란한 전동차 몇 량
그 아래 강물 속 비명을 감춘 당인리는
휘어진 등 지우고 없다.

— ≪현대시학≫(2007. 7)

와우산에서 바라보는 당인리는 화력발전소였기에 연기가 치솟던 곳이며, 그 연기는 뭉치기도 하고 흩어지기도 하며 멀리멀리 날아가는 가물가물한 회색 나비처럼 보일 수도 있었다. 그러나 지금은 꼬리 잘린 비행기, 목 잘린 굴뚝들, 깡마른 몇 사람, 발 저는 비둘기가 퍽퍽 불을 뿜어올리던 불길을 대신하고 있다. 연기도 나지 않은 굴뚝은 휘어진 등으로 지르고 싶은 비명을 감춘다. 무시간성, 초시간성의 매개체인 당인리는 감흥과 동화의 대상으로 치열한 현실인식이 아니라도 큰 의미를 안고 있다.

도종환
세 시에서 다섯 시 사이

산벚나무 앞 한쪽이 고추잠자리보다 더 빨갛게 물들고 있다 지금 우주의 계절은 가을을 지나가고 있고, 내 인생의 시간은 오후 세 시에서 다섯 시 사이에 와 있다 내 생의 열두 시에서 한 시 사이도 치열하였으나 그 뒤편은 벌레 먹은 자국이 많았다

이미 나는 중심의 시간에서 멀어져 있지만 어두워지기 전까지 아직 몇 시간이 남아 있다는 것이 고맙고 해가 다 저물기 전 구름을 물들이는 찬란한 노을과 황홀을 한번은 허락하시리라는 생각만으로도 기쁘다

머지않아 겨울이 올 것이다 그때는 지구 북쪽 끝이 얼음이 녹아 가까운 바닷가 마을까지 얼음조각을 흘려보내는 날이 오리라 한다 그때도 숲은 내 저문 육신과 그림자를 내치지 않을 것을 믿는다 지난 봄과 여름 내가 굴참나무와 다람쥐와 아이들과 제비꽃을 얼마나 좋아하였는지 그것들을 지키기 위해 보낸 시간이 얼마나 험했는지 꽃과 나무들이 있으므로 대지가 고요한 손을 증거해줄 것이다

아직도 내게는 몇 시간이 남아 있다
지금은 세 시에서 다섯 시 사이

― 《창작과비평》(2007. 겨울호)

프라이에 의하면, 가을은 이별, 슬픔, 추억, 그 리움, 향수, 고독, 추락 등의 이미지를 내포한 다. 또한 겨울은 차가움, 고난, 죽음, 하강 등의 이미지 로 살필 수 있다. 화자는 지금 가을의 미토스에 이르고 있다. 즉 상실의 인물형에 해당된다. "산벚나무 앞 한쪽 이 고추잠자리보다 더 빨갛게 물들고" 있고, "세 시에서 다섯 시 사이"에 처해 있음을 볼 때 분명 가을의 마지막 시간을 보내고 있는 것이다. 그러나 화자는 상실을 노래 하지 않는다. "아직도 내게는 몇 시간이 남아 있다"가 표 상하는 것처럼 죽음보다는 희망을 노래하고자 한다. 머 지않아 겨울이 오고 죽음이 코앞에 다가오겠지만, "지난 봄과 여름"과 같이 "굴참나무와 다람쥐와 아이들과 제 비꽃"(탄생/성장)을 즐기며 살아가고자 한다. 생의 가장 자리에 늙음의 슬픔보다는 늙음의 깊이가 경이롭게만 느껴진다.

류인서

마녀의 사전*
― 마흔

이것은 일억년 전 별에서 분화했다는 개미의 나라 글씨
로 쓴 책이다
　이것은 읽고싶은 것만 읽고 보고싶은 것만 보고 마는
맹목의 눈을 위한 책이다
　이것은 아니 땐 굴뚝에서 연기 나고 안 밴 아이를 낳기
도 하는 수상한 수돗가의 책이다
　이것은 멸치잡이 그물에 밍크고래가 걸리기도 하는 행
운복원 같은 책이다
　이것은 얼음접시의 불룩한 물배꼽에서 피워 올린 회오
리바람 같은 책이다
　이것은 열 때마다 쪽수가 늘어나고 볼 때마다 내용이
달라지는, 사본 불허의 책이다
　이것은 발꿈치를 들고 따박따박 당신 뒤를 따라가는,
삶에도 죽음에도 속하지 못하는 유령들의 책이다
　이것은
　당신이 책을 읽는 것이 아니라 책이 당신을 읽는, 종국
에는 통증 없이 당신을 잠들게 하는, 잠든 당신의 피를
먹고 자라는 흡혈박쥐 같은 책이다
　이것은 당신의 마른 혓바닥을 서표로 사용하는 책이다

* 앰브로스 비어스의 『악마의 사전』에서 제목 빌림.

― ≪현대시학≫(2007. 11)

시인의 이것은 마흔이다. 마흔은 마녀의 사전에서나 나오는 여러 양상의 요술적 요소를 지니고 있다. 맹목의 눈은 아니 땐 굴뚝의 연기이며, 멸치잡이 그물에 걸리는 밍크고래이기도 하고, 얼음접시에서 떠오르는 회오리바람이기도 하다. 시인은 마흔 살이라는 시간성을 마녀사전에나 나오는 일들로 열거하면서, 인간의 계량적 시간으로는 헤아릴 수 없는 오랜 시간이 수없이 녹아있는 무시간성을 말하고 있다. 마녀의 사전은 자아를 잠시 망각한 상태에서 도달할 수 있는 곳이기도 하다.

마경덕

아버지의 금시계

 아버지 모처럼 기분이 좋으시다. 노란 금시계를 내밀며, 이거 봐라. 오늘 집에 오다가 횡재했다. 십만 원짜리를 삼만 원에 샀다. 허어, 이 비싼 걸 그리 싸게 주다니…… 검게 그을린 팔뚝에 금시계 눈부시다. 주름진 손에 금시계 반짝인다.

 싸구려 도금시계. 얼마 못 가 맥기칠 벗겨질 조잡한 금시계를 아버진 도무지 모르신다. 술 한 잔에 보증 서주고 집 날리고 친구들에게 봉이라고 불리는 세상 물정 모르는 아버지, 그러고도 아직 남을 믿는다. 칠이 다 벗어져 거뭇거뭇한 아버지. 며칠 후 멈춰버릴 시계를 믿는다. 길에서 처음 본 시계장수를 믿는다. 오늘 참 고마운 사람을 만났어, 어허, 참 이 비싼 걸……

— ≪시선≫(2007. 가을호)

아버지가 중심대상이라는 점에서 인물형상에 초점을 두고 있는 시라고 할 수 있다. 금시계를 매개로 하여 아버지에 대한 깊은 연민을 담아내고 있는 시이다. 연민은 파생된 사랑의 정서다. 따라서 아버지에 대한 깊은 연민을 담아내고 있는 이 시는 아버지에 대한 깊은 사랑을 담아내고 있는 시라고 해야 옳다. 얼핏 생각하면 아버지의 어리석음을 탓하고 있는 것처럼 보이지만 실제로는 그렇지 않다. 연민의 정서를 통해 티 없이 순수하게 살아온 아버지의 삶에 대한 깊은 사랑과 공감을 담아내고 있는 시라는 것이다. 쉽게 남을 믿고, 쉽게 사기를 당하는 아버지, 그런 아버지 때문에 가족들이 겪은 고통은 적잖았으리라. 그러나 어찌 "술 한 잔에 보증 서주고 집 날리고 친구들에게 봉이라고 불리는 세상 물정 모르는 아버지, 그러고도 아직 남을 믿는" 아버지, 그런 아버지를 사랑하지 않을 수 있겠는가.

문 숙

2인용 자전거 타기

결혼이란 안장과 체인이 두 개 달린 자전거를 타는 일이지
앞사람이 페달을 밟아 뒷바퀴를 끌면
뒷사람은 발을 맞추면 된다네
마음이 합쳐지지 않으면 바퀴는 구르지 않지

울퉁불퉁한 길을 달리다 보면
두 바퀴를 물고 있던 체인이 쉽게 벗어나기도 한다네
그럴 땐 자전거를 세우고 다시 체인을 걸어야 하지
앞바퀴와 뒷바퀴를 묶다 보면 손에 기름때를 묻히기도
한다네

한 번 벗어난 체인은 쉽게 걸리지 않지
시간을 흘리며 생을 낭비하기도 한다네
짐이 되어버린 자전거를 끌며 서로를 원망하기도 하지
지쳐 있는 두 사람은 목적지가 멀기만 하다네

각자의 길을 되돌아보며
바퀴에 감긴 시간을 계산해 보기도 한다네
그러다가 문득 뒷바퀴를 돌려 앞바퀴를 굴릴 생각을 하
기도 하지
때로는 뒷바퀴가 앞바퀴를 밀고 가기도 한다네 결혼이란.

— 《너머》(2007. 겨울호)

결혼에 대한 시인 나름의 성찰과 지혜를 담고 있는 시이다. 시이니 만큼 여기서도 그 성찰과 지혜는 은유의 형식을 취한다. "결혼"을 "안장과 체인이 두 개 달린 자전거를 타는 일"로 비유하고 있다는 뜻이다. "앞사람이 페달을 밟아 뒷바퀴를 끌면/뒷사람은 발을 맞추"는 2인용 자전거는 "마음이 합쳐지지 않으면 바퀴"가 "구르지 않"는다. "길을 달리다 보면" 이 자전거도 "바퀴를 물고 있던 체인이" 벗겨질 때가 있다. "그럴 땐 자전거를 세우고 다시 체인을 걸어야" 한다. "한 번 벗어난 체인은 쉽게 걸리지" 않아 "생을 낭비"시킬 수도 있다. 물론 그럴 때는 "서로를 원망하기도" 한다. 그러나 두 사람은 "목적지가 멀"더라도 여기서 포기해서는 안 된다. "바퀴에 감긴 시간을" 감안해 "뒷바퀴를 돌려 앞바퀴를 굴릴 생각을" 해야 한다. "뒷바퀴가 앞바퀴를 밀고 가기도" 하는 것이 2인용 자전거이다. 여자가 남자를 밀고 가기도 하는 것이 결혼생활이라는 뜻이다.

문덕수

가을이 머물다

元軍에 쫓긴 陸秀夫는
남송의 아기왕을 품에 안고 제 몸을 노끈으로 꽁꽁 묶
은 채
망망대해에 몸을 던지다 그 때
석 달을 넘기자 더 숨길 곳이 없어
아기를 갈 상자에 담아 역청과 진을 칠하고
강 기슭에 우거진 갈대숲 속에 두다

시트벨트에 묶인 260명의 인형이
보잉 747로 뉴욕 케네디공항에 내리고
맏이를 뒷자리에 태워 제 몸과 함께 묶은 아비의 오토
바이
강변북로를 달리다 그때
강물을 건너 저쪽 언덕으로 늘어진 전선을 타고 꼬불꼬불
비틀어 감은 덩굴풀에
노란 가을이 머물다

— ≪한국현대시≫(2007. 겨울호)

이 시 1연은 중국 고사를 인유한다. 인유의 원천이 되는 이 고사는 陸秀夫로, 중국 남송이 멸망할 때 재상을 지냈다. 1276년 몽골군에게 송나라가 패한 후, 陳宜中, 張世傑 등과 함께 益王, 衛王을 옹립하고 송나라 왕실을 지키려 했다. 그러나 1279년 원군의 공격을 받자 배로 도망하다가 위왕을 업고 바다로 투신하여 목숨을 버렸다고 전해진다. 후일 나라를 위해 절의를 잘 지킨 인물로 칭송되고 있는데, 「가을이 머물다」에서 260명의 인형과 "맏이를 뒷자리에 태워 제 몸과 함께 묶은 아비" 역시 오늘을 사는 우리들의 삶과 가치를 탐구하고 모색하는데 크게 기여한다. 비록 지나간 시간 속에 머물러 있는 고사를 인유하여 보여주지만 시의 행간 속에는 시인의 뛰어난 상상력이 발휘되어 있기 때문이다.

문태준

나와 아버지의 廢園

오늘 나의 아버지는 미래의 과일들을 버리네
자두나무를 베어내네
사과나무를 베어내네
밭에서 꽃과 열매가
사라졌네 감쪽같게도
백이십 근의 나무그늘이 거짓말처럼
노름판에 건 문서처럼
홀연 사라지고 돌밭이 남았네
돌밭은 물혹의 내장
돌밭은 젖을 물릴 수 없는 늙은 젖가슴
아버지는 나의 물혹열매
눈 먼 아버지는 오늘 廢園을 가꾸고
내가 태어나던 그해처럼 다시 돌밭을 얻었네
눈 먼 아버지는 나의 廢園
아버지는 나에게 이 과수원을 상속하기로 했었지
아버지는 나에게 廢園을 상속했네
썩지도, 아직 열리지도 않은
미래의 과일들을 다 버리고
아버지는 돌무더기 집으로 저녁처럼 홀로 들어가네
늙은 아버지는 참 이상한 농사를 짓지
늙은 아버지는 참 이상한 상속을 하지
상속의 끝이 廢園이라니.
농사의 끝이 廢園이라니.

— ≪문학과사회≫(2007. 여름호)

이 시는 농경사회의 아픔을 비유적으로 드러내 준다. "미래의 과일들을 다 버리고/아버지는 돌무더기 집으로 저녁처럼 홀로 들어"간다. 이는 농경사회가 더 이상 생산의 의미를 가질 수 없음을 단적으로 보여준다. 그리고 회생불능인 우리 농촌의 아픔을 직시한다. 주지하다시피 농촌이 해체된 지는 오래이다. 늙은 아버지로 마지막 농사가 이루어지고 있기 때문이다. 아버지는 아들에게 폐원이 되기 전 이 과수원을 물려주려고 하였으리라. 그러나 상속받을 아들은 농촌에 살지 않고 도시에 산다. 감히 아들을 농촌으로 불러들여 과수원을 터전으로 생을 이루라고 말하지 못한다. 그 이유를 굳이 설명하지 않아도 되리라. "상속의 끝이 廢園이라니./농사의 끝이 廢園이라니."

박명용

서툰 손길

전봇대 아래
구두닦이 박스에는 봄 온기가 자욱하다
육신 놀일 수 없어 시작했다는
환갑 훨씬 넘은 노인
웃음 띤 얼굴로 약 바르고 윤기 내기에
남보다 몇 배 더 손 움직이지만
닦고 보면 언제나 그게 그거다
검은 손으로 구석구석 매만지며
정성을 다하는 손길
구두가 세상처럼 번들거리지 않을지라도
이보다 더 아름다운
서툰 손길 본 적 없다
평화로운 노인 옆에는 늘
낡은 성경 한 페이지 펼쳐져 있다

― ≪시선≫(2007. 봄호)

요즘 노인 문제가 사회문제로 확대되고 있다. 노인 문제에는 여러 가지가 있겠지만 그중 경제적 사정을 들지 않을 수 없다. 노동의 상실은 경제적 가치를 인정해 주지 않는다. 그로인해 파생되는 제 현안들은 우리 사회가 해결해야 할 문제 중 하나이다. 이 시에서 노인은 일을 함으로써 행복해 보인다. "육신 놀일 수 없어 시작했다는" 구두닦이 일은 어엿한 생산의 가치를 지니고 있기 때문이다. 비록 "서툰 손길"이지만 일을 통해서 삶의 가치를 발견한다. "구두가 세상처럼 번들거리지 않을지라도/이보다 더 아름다운" 풍경이 어디에 있으랴. 산업화의 주역이면서도 늙었다는 이유 하나만으로 사회로부터 괄시받고 버림받는 세태는 하루 빨리 사라져야 한다. 이 시는 이를 가장 명징하게 드러내 준다.

박 선 경

그림자를 산다

얼마 전 내가 산 그림자를 어디에 걸어둘까 하다 침대
에 눕혔다
나는 매트리스 때문에 허리가 아프다고 한다
그림자는 침대에서 물결치듯 자신의 몸을 움직였다
새 습기제거제를 넣기 위해 장롱 문을 열자
쏟아져 내리는 그림자들
얼마 전 물비린내 나는 축축한 그림자를 업고 병원에
가던 길
전봇대를 기어오르는 그림자 하나를 샀다
나의 소매 끝이 넓어지고 치맛자락은 길어졌다
밤이었다 벽을 기어오르는 나보다 그림자가 먼저 가 닿
은 어둠
내 오래된 추억과 기억나지 않는 시간 그리고 약간의 유머
적당한 가격을 흥정하듯
그림자를 사기위해 나의 몸은 어두워진다
보이지 않는 혈관을 찾아 간호사는 주사를 놓았다
잠에서 깨자 더 이상 집에 둘 곳이 없을 정도로
집안은 온통 내가 산 그림자들로 흘러 넘쳤다
제발 제자리로 돌아가줘 앞이 보이지 않는 밤
숨어있던 그림자들이 기어나왔다
나의 이야기를 되돌려줄래 그림자들이 산 수백 개의 나

그중에 무엇을 갖고 싶냐고 물었다

나는 아무것인 나를 하나 골랐지만 멀리 구급차가 보였다

머리맡에는 칼날처럼 눈부신 햇살

그림자에게서 산 내가 보였다

얼마 전 내가 산 그림자가

나를 어디에 둘까 하다 놓아둔 곳이었다

— ≪시에≫(2007. 가을호)

詩 「그림자를 산다」는 이중적 의미를 지니고 있다. 시인은 그림자가 대변하는 어둠의 이미지와 病 後의 나를 대조적으로 보여주며 동일화되어가는 과정 을 보여준다. 그림자를 사기 위해 흥정하는 것은 '나' 이지만 결국 그림자들이 산 수백 개의 '나' 중에 그중 하나인 것이다. 그 어둠은 '나'의 경험을 호명하고 있 는 존재이다. 시인은 현실이라는 시간 속의 나와 과거 의 시간인 그림자를 대조적 이미지로 보여주며 두 시 간과 공간의 합일을 통해 '산다'의 의미를 재구성한다. 이것은 결국 나로 인해 지불되어진 '~을 사다'의 의미 이기도 하며, 그래서 함께 존재하고 있는 '살고 있다 生'의 의미가 되기도 한다. 이것은 때론 보이지 않는 삶처럼 고통스럽다. 어느 날 '침대에서 물결치듯 자신 의 몸을 움직'이며 살아가고 있는 우리들의 모습인 것 이다.

박제천

벌레의 집

벌레가 내 요즘 화두다

나는 원래 죽으면 흙 속에 묻히고 싶었다
남의 살 많이 먹어둔 살덩어리
벌레들에게 다 도로 돌려주고 싶었다
한동안, 몸속의 욕심덩어리, 죄덩어리를
벌레들에게 옮길까 봐 저어했으나 다 핑계거니
마음을 굳혔다

그런데 아내가 먼저 죽었다
죽기 전에 매장할까, 화장할까
차마 물어보지 못해서 황망 중에 화장을 했다

요즘 그게 걱정이다
나도 아내 따라 살덩이를 불에 태우자니
벌레들에게 미안하다
내심으로는 벌레들에게 살덩어리를 내어주기 싫어서
서둘러 화장했다는 혐의도 없지 않다

돌무덤도 미리 마련해 두었으니
불목욕할 날만 기다려야 하는데

나를 기다릴 벌레들 생각만 하면
온몸이 따금따금하다
길가다 벌레와 마주치면 얼굴도 화끈 달아오른다

— ≪문학수첩≫(2007. 봄호)

埋葬에 대한 반성이 계속되고 있다. 매장 자체 보다는 묘를 쓰는 것, 봉분을 남기는 것이 문제이다. 죽어서도 그만큼 자연을 훼손하기 때문이다. 이런 연유로 봉분을 쓰는 매장 대신 火葬을 선호하는 경향이 대두되고 있다. 화장은 인간이 空에서 왔으니 空으로 돌아가야 한다는 불교적 인식론에 토대를 두고 있다. 하지만 이는 인간이 空에서만 온 것이 아니라 흙에서도 왔다는 점을 간과하고 있다. 인간은 地水火風을 동시에 품고 있는 존재이지 火와 風만 품고 있는 존재는 아니다. 시인에게 "벌레가" "화두"인 것은 바로 이 때문이다. 흙과 물은 벌레들의 음식물이기도 하고 배설물이기도 하다. 인간의 육신도 대부분은 흙과 물로 구성되어 있다. 저 세상으로 갈 때 자신의 육신을 누구에게 돌려주어야 옳은가. 이런 질문에 대해 시인은 지금 벌레들에게, 좀더 구체적으로 말해 흙(물을 포함한)에게 돌려주어야 옳다고 생각한다. 그럴 때 제대로 된 생명의 순환이 가능하기 때문이다. 따라서 봉분을 쓰지 않고 평토장을 하면 매장이 크게 나쁠 것도 없다는 생각이 들기도 한다.

박형준

개밥바라기

노인은 먹은 것이 없다고 혼잣말을 하다
고개만 돌린 채 창문을 바라본다.
개밥바라기, 오래전에 빠져버린 어금니처럼 반짝인다.
노인은 시골집에 혼자 버려두고 온 개를 생각한다.
툇마루 밑의 흙을 파내다
배고픔 뉘일 구덩이에 몸을 웅크린 채
앞다리를 모으고 있을 개. 저녁밥 때가 되어도 집은 조
용하다
매일 누워 운신을 못하는 노인의 침대는
가운데가 푹 꺼져 있다.
초저녁 창문에 먼 데 낑낑대는 소리,
노인은 툇마루 속 구덩이에서 귀를 쫑긋대며
자신의 발자국 소리를 기다리는
배고픈 개의 밥바라기 별을 올려다본다.
까실한 개의 혓바닥이 금이 간 허리에 느껴진다.
깨진 토기 같은 피부
초저녁 맑은 허기가 핥고 지나간다.

— ≪창작과비평≫(2007. 겨울호)

개밥바라기는 두 가지 뜻을 갖고 있다. 하나는 개밥을 담는 입 넓은 그릇이라는 뜻을 갖고 있고, 다른 하나는 저녁 무렵 서쪽 하늘에 보이는 '별(金星)'이라는 뜻을 갖고 있다. 이 별은 저녁하늘에 비치면 개밥바라기(長庚星, 太白星)가 되고, 새벽하늘에 비치면 샛별(啓明星)이 된다. 개밥바라기는 배고픈 개가 저녁밥을 바랄 무렵 서쪽 하늘에서 뜬다고 하여 붙여진 이름이다. 해바라기 등의 말에서도 알 수 있듯이 개밥바라기는 개가 밥을 바랄 때의 별이라는 뜻을 갖고 있다. 이 시는 개밥바라기가 뜰 무렵 "먹은 것이 없다고 혼잣말을 하"는 노인을 중심대상으로 그려내고 있는 인물형상의 시이다. 노인은 "오래전에 빠져버린 어금니처럼 반짝"이는 서쪽 하늘의 개밥바라기를 바라보며 "시골집에 혼자 버려두고 온 개를 생각한다." "가운데가 푹 꺼져 있"는 침대에 누워 있는 노인의 서울 집은 "저녁밥 때가 되어도" "조용하"기만 하다. "툇마루 속 구덩이에서 귀를 쫑긋대며/자신의 발자국 소리를 기다리는/배고픈 개의 밥바라기 별을 올려다"보고 있는 노인의 모습이 안쓰럽기만 하다.

박후기

꽃 진 자리

사과나무에겐 꽃 핀 자리가 똥구멍이다
꽃 필 무렵
사과나무는 온몸이 항문이다
꽃잎을 버림으로써
몸을 여는 항문의 개화기를 지나면
똥 덩어리 같은 사과 한 알
비로소 가지 끝에 매달린다
흉부에 꽂힌 가느다란 꼭지.
식도 뚫은 튜브 통해 養分 받으며
여름내 있는 힘 다해 괄약근을 조인다
늘어진 살가죽 몸 안으로 끌어당기느라
얼굴 점점 붉어지고,
사과에겐 꽃 진 자리가 똥구멍이다
꽃 진 자리에 유난히
주름이 많은 것은
숫生이 한꺼번에 쏟아질까봐
항문에 힘주기 때문이다

사과밭 노인 병상,
어머니 관장하신다

— ≪작가세계≫(2007. 겨울호)

발상이 참 독특하다. 사과나무가 꽃을 피우고 과실을 맺는 과정에다 시인은 여인이 병상의 노인을 관장시키는 행위를 매치 시켰으니 말이다. 식물의 생명력 구가를 인간의 생명 연장을 위한 몸부림에다 연결시켰으니 역발상이라고 해야 할까. 사과에게는 꽃 진 그 자리가 똥구멍이라는 인식과 꽃 진 자리에 유난히 주름이 많다는 두 가지 인식이 이 시를 살리고 있다. 사과나무는 사과라는 똥 덩어리를 가지 끝에 매달기까지 얼마나 힘들었을까. 인간은 똥 덩어리를 매달고 있으면 죽기 때문에 누군가 관장을 해주어야 한다. 생명 가진 것들의 설움이여.

손정순

운수 좋은 날
— 캄보디아에서

원 달러, 원 달러!
귀청 따갑도록 이방인에게 구걸하는 아이들
인솔자의 거듭된 주의에도 불구하고
어머니는 기어코 십 달러를 건넨다

운수 좋은 날을 만들어주고 싶었어.
오늘 하루만큼은 온 식구가 행복할 거야

땡큐를 남발하는 아이보다 더 행복해하는 어머니
갑자기 머릿속이 하얘진다
어머니가 賢者처럼 보인다
순간, 오랜 응어리로 남아
군림하고 괴롭히던 金錢의 찌꺼기들이
하나 둘씩 똔레삽을 따라 떠내려간다

하느님은 한쪽 문을 닫으시면
다른 쪽 문은 열어놓으신다

죽음의 그림자도 잠깐 쉬러 갔을까?
까르르르, 흑진주로 빚은 저 천상의 웃음꽃들이
원숙하게 노 저어 달의 몸속으로 들어간다
앙코르, 그 오래된 사원의 서쪽 문이 열린다

— 《현대시》(2007. 9)

2008 詩 화자는 지금 어머니와 함께 캄보디아 앙코르와 트를 여행하고 있다. 여행은 낯선 풍물들을 만나게 한다는 점에서 주체의 인식에 새로움을 준다. 여행체험이 시정신과 통하는 것은 바로 이 때문이다. 우선 화자는 "원 달러, 원 달러!/귀청 따갑도록 이방인에게 구걸하는 아이들"을 낯설어 한다. 더욱 낯선 것은 "거듭된 주의에도 불구하고" 어머니가 아이들에게 "십 달러를 건넨다"는 점이다. 이런 자신의 행위에 대해 어머니는 "운수 좋은 날을 만들어주고 싶었어./오늘 하루만큼은 온 식구가 행복할 거야"라고 말한다. 실제로는 "땡큐를 남발하는 아이보다" 어머니가 "더 행복해" 한다. 화자는 이 낯선 풍경으로 하여 "머릿속이 하얘진다". 갑자기 "어머니가 賢者처럼 보"이기 때문이다. 화자는 "오랜 응어리로 남아/군림하고 괴롭히던 金錢의 찌꺼기들이/하나 둘씩" 떠내려가는 것을 느낀다. "하느님은 한쪽 문을 닫으시면/다른 쪽 문은 열어놓으신다"는 것을 깨닫기 때문이다.

손 진 은

이상한 식사

산 개구리 한 마릴 닭장 안으로 던져 넣었죠
순간 날렵도 하게 그 놈 물고
구석으로 내달리는 어미닭
허나 닭에겐 손이 없는 걸,
개구린 입 속에서도 뒤번적이며
부리한 눈 꿈벅이며 말을 삼키고
그 새 따라온 닭은 또 맹렬하게 대들어 빼앗고
한 놈이 문 채로 달아나면
다른 놈이 빼앗아 달아나고
사방에서 길고 날랜 여러 부리가 한꺼번에 그 산 음식의
볼에 배에 다리에 내려치는
하늘도 울리는 천둥번개를 보네요
마침내 뼈도 살도 녹아버린 육즙만이
사방에서 빼꼼히 눈 뜨고 햇살을 맞죠
대들었다 속상한 기분으로
입맛을 다시는 어미닭의 소심도
다 손이 없는 탓
잡음을 끊이는 라디오 같은 개구리 몸도 그렇지만
날마다 똥구멍 찢어 알을 낳아주면서도,
손도 없이 먹는 닭들의 혼곤한 식사
머리와 가슴을 찢어 한 알의 생각을 낳으면서도
먹으려면 피와 살 다 빠져나가고 식은땀만 고이는 詩의
손바닥!

— 《현대시》(2007. 3)

나 역시 이런 경험을 한 적이 있다. 개구리를 잡아서 닭에게 던져주었더니 얼마나 잘 먹던지. 닭에게 개구리는 그 어떤 사료보다 맛있는 요리일 것이다. 손이 없으면서도 개구리를 잘도 먹는 닭은 누구를 빗댄 것일까. 확실한 것은 개구리이다. "머리와 가슴을 찢어 한 알의 생각을 낳으면서도/먹으려면 피와 살 다 빠져나가고 식은땀만 고이는 詩의 손바닥!"이니 얼마나 난감한 일일까. 시 쓰기의 어려움이여! 난감함이여! 시를 써 발표하는 일의 지난함은 날마다 똥구멍 찢어 알을 낳아주는 닭과 다를 바 없다. 몇 날 며칠 고심하여 시를 써본들 누가 나를 알아주나, 이해해주나. 시인은 피와 살 다 빠져나가고 식은땀만 고이는 시의 손바닥을 물끄러미 바라보며 이상한 식사를 마친다.

송 수 권

스침에 대하여

직선으로 가는 삶은 박치기지만
곡선으로 가는 삶은 스침이다
스침은 인연, 인연은 곡선에서 온다
그 곡선 속에 슬픔이 있고 기쁨이 있다
스침은 느리게 오거나 더디게 온다
나비 한 마리 방금 꽃 한송이를 스쳐가듯
스쳐가는 것
오늘 나는 누구를 스쳐가는가
스침은 가벼움, 그 가벼움 속에
너와 나의 온전한 삶이 있다
저 빌딩의 회전문을 들고나는 스침
그것을 어찌 스침이라 할 수 있으랴
그러니 스쳐라, 아주 가볍게
덕수궁이나 한강 둔치를 걸으며
우리는 어제라고 말하지만 어제의 문은
스쳐갔을 뿐
단 한 번도 밟은 적이 없다

— ≪열린시학≫(2007. 가을호)

불가에서는 옷깃만 스쳐도 인연이라고 했다. 시인은 스침에 의미를 더욱 깊이 탐색해보기로 했다. "스침의 가벼움, 그 가벼움 속에/너와 나의 온전한 삶이 있다"는 인식은 스침을 결코 가볍게 여기지 말라는 깨달음과 일맥상통하는 것이다. 가벼운 인연도 소중히 가꾸면 깊은 관계로 이어질 수 있다. 시간도 그렇지 않은가. 스쳐가는 듯한 시간일지라도 잘만 쓰면 그 시간은 압도적인 무게로 다가온다. 어느 시인의 말마따나 시간은 가고 오지 않는 것이지만 우리는 매 순간 시간을 스쳐 보내고 있다. 내 곁을 스치고 지나가는 시간을, 모든 인연을 소중히 생각해야 한다.

송 승 환

센서

서 있는 사람들은
寺院의 기둥

찬란한 태양 아래
내딛는 한 발은 한밤의 벼랑을 향하고
눈꺼풀 속 유영하는 눈동자
검푸른 바다 광대한 심연을 들여다본다

눈먼 歌人이 다다르고자 하는 곳은
사람과 사람 사이
입으로 부를 수 없는 노래
사람과 사람 사이
푸르른 門을 열었다 닫는다

멀어져 간 것들의 모든 그림자는
바닥을 두드리는 지팡이 끝에 드리워져 있다

반짝이며 흘러가는 강물 위로
다리를 울리며 강을 건너간다

— 《문학나무》(2007. 봄호)

소리나 빛, 온도, 압력의 물리량을 측정할 수 있는 素子를 갖춘 기계 장치를 한자어로는 감지기, 영어로는 센서(sensor)라고 한다. 그런데 이 시를 이해하는 데는 이러한 지식이 필요한 것이 아니다. 세상에는 서 있는 사람과 발을 내딛는 사람이 있다. 서 있는 사람들은 사원의 기둥에 지나지 않지만 눈먼 가인은 입으로 부를 수 없는 노래를 불러 푸르른 문을 열었다 닫는다. 눈꺼풀 속 유영하는 눈동자로 검푸른 바다 광대한 심연을 들여다본다. 제4연이 의미심장하다. 눈먼 가인은 멀쩡한 사람보다 더욱 예민한 감각으로 소리와 빛, 온도, 압력을 측정할 수 있다. 지팡이로 다리를 울리며 강을 건너갈 수 있다. 바닥을 두드리는 지팡이 끝— 놀라운 센서이다.

신달자

작은 어머니

아버지보다 스무살이 아래인 그 여자
하얀 노인이 되어 임종을 맞아 누워있네
아버지의 물이 저 여자의 어디까지 스미게 했을까
앙상한 뼈가 한 개 성냥개비 같다
돌아누운 그 여자 꽁지뼈가 솟은 못 같다
살가웠던 아버지의 더운 손을 저 뼈는 기억하고 있을까
엉덩이가 한 바지기만 하다고
그걸 육자배기처럼 흔들어 아버지를 꼬신다고
어머니 독 묻은 욕을 소나기처럼 맞던
그 엉덩이 살은 다 어디로 갔나
아들 두엇 낳았지만 호적엔 아직 처녀인 팔순의 뼈
저 여자 등짝에 붙은 이름은 늘 세 번째 첩이었다
아버지가 아버지의 몸으로 쓸어간 아랫도리나
어머니가 어머니의 손으로 뜯어간 머리카락은 먼저 이
승을 떠났는지
밋밋한 신생아 그것 같다
작은 어머니!
누구나 그년이라고만 부르던 차가운 귀에
마지막 선물로 정확한 호칭을 불러주었다
반시신이 부드럽게 펴지듯 눕는다
붉은 황톳물이 여자의 생을 다 훑고 내 어깨에 와서 파

도친다
　형님요
　그곳에 가서도 머리를 땅에 대고 어머니를 부를까
　아버지의 입이 저승사자의 주머니에 들어 있겠다

— ≪문학사상≫(2007. 8)

소설 같다. 하지만 실화이리라. 우리 윗세대의 양반들은 잘난 것 하나 없으면서 소실을 두기도 했다. 본부인이 아들을 못 낳는다고 두기도 했고, 무식한 여자라고 신여성을 데려와 살기도 했고, 바람을 피워 두 집 살림을 살기도 했다. 게다가 '세 번째 첩'이었으니 이제 막 임종을 맞이한 이 여인은 그간 이 집 식구들한테 얼마나 구박을 받았을까. 화자는 이 여인이 밉기만 했을 것이다. "엉덩이가 한 바가지만 하다고" 내 어머니의 욕을 듣던 그녀가 눈앞에서 죽어가고 있다. 나는 "작은 어머니"라고 마지막 선물로 정확한 호칭을 불러주고 그녀는……. 작은 어머니의 입에서 나온 "형님요"라는 말은 화자의 죽은 어머니를 지칭한 것일 터, 이 시에는 도합 세 여인의 기구한 운명과 한국적 한이 한 소쿠리 담겨 있다. 시인은 '아버지는 저승에서 무슨 말을 하고 싶을까.'라고 쓰지 않고 "아버지의 입이 저승사자의 주머니에 들어 있겠다"라고 썼다. 이것을 가리켜 화룡점정이라고 하는 것이다.

심호택

오골계도 키우다

닭을 키우면서 두어 마리
오골계도 키우면 나쁠 게 뭔가
저희끼리 적이었다가
이내 다정한 동지였다가
철부지 새각시처럼 노니는 그것들 곁에
새삼 다가가 슬그머니
굽어다보기를 나는 즐기네
머잖아 수탉하고 관계도 할 겁니다
삼례 닭집 주인은 귀띔했으나
아직은 두고 볼 일이지
암탉들 핍박에 쫓기기도 바쁜 터이니
부리에서 발톱까지 까만 그것들
지켜보고 있을라치면
두충나무 잎에 듣는 빗소리마냥
뭐라 뭐라 구시렁구시렁 투정하다가
이따금 한 번씩 부서진 오보에 소리
사람마음 제법 건들기도 하지
지금 당장은 아닐지라도
조금 후에는 암탉한테 혼날지도 몰라
안심할 수 없다는 것인지
괜시리 쓰잘데없이 겁 많고 부끄럼타는

암컷 오골계 두어 마리
놀부네 헛간 같은 닭장에 두고
들여다보기를 나는 즐기네

— ≪창작과비평≫(2007. 여름호)

닭과 오골계는 사촌이다. 그러나 오골계는 분명 닭과 많은 점에서 차이를 드러낸다. 물론 발가락은 앞에 3개, 뒤에 1개로 일반 닭과 같으며 깃털의 질도 마찬가지다. 하지만 오골계는 천연기념물로(265호)로 관이 자주색 딸기모양이며 계절과 기온에 따라 농도가 변하는 특징이 있다. 시인은 닭을 키우면서 오골계도 같이 키운다. 저희끼리 싸우거나 "철부지 새각시처럼 노니는" 풍광을 즐기기 위해서이다. 점입가경으로 "머잖아 수탉하고 관계"을 맺는 것도 상상하면서 말이다. 시인의 이러한 천진난만함은 자연의 순리대로 사는 닭과 오골계를 통해 생의 가치를 높이기 위한 관심 표명의 또 다른 미적 행위이다.

안도현

수제비

비 온다
찬 없다

온다간다 말없다

처마 끝엔 낙숫물
허발 짚는 낙숫물

개구리들의 밥상 가에
왁자하게 울 건 말 건
밀가루 반죽 치대는
조강지처 손바닥
하얗게 쇠든 말든

섰다 패를 돌리는
저녁 빗소리

— ≪시에≫(2007. 봄호)

안도현의 음식 관련 시편들은 이채롭다. 시인이 과거에 먹은 것, 씹은 것, 마신 것, 뱉은 것을 비롯해 음식이 환기하는 기억과 풍경을 호명함으로써 살림살이의 즐거움을 줄줄이 풀어놓기 때문이다. 이 시에서 서방은 집을 비운지 오래인 듯 보인다. 어디선가 화투 패나 돌리고 있는 서방이 얄밉게 보일지는 모르겠다. 그러나 처마 끝에 낙숫물이 드는 저녁 수제비를 빚는 아내의 손길이 따뜻하게만 느껴진다. 왁자하게 울어대는 개구리의 청각적 이미지와 아내의 손바닥이 하얗게 쇠는 시각적 이미지가 조화를 이루면서 전체적으로 시적 분위기를 환하게 만든다. 수제비라는 재래의 민중적 음식이 갖는 의미가 읽는 이의 마음을 더욱 포근하게 감싸준다.

양문규
아버지의 감나무

비탈진 밭둑가에 감나무를 심는다
뿌리가 실한, 등이 반질반질한
올곧은 놈들 골라 심는다
아버지는 그 감나무에 기대 걸으며
남은 생을 마칠 것이다

감나무는 자라 바람에 흔들리면서
말동무가 되어주기도 하고,
맑은 햇살에 잎을 반짝이며
달디 단 가을 선사할 것이다
그러나 채 꽃을 피워 열매 맺기도 전
아버지 고단한 육신 내려놓을지 모른다

흙과 더불어 일생을 살아온
일흔 두 살의 아버지 감나무를 묻는다
할아버지의 할아버지가 그러했듯이
몸은 가난했으나 한없는 마음으로
자식인양 눈물 주며 감나무를 키울 것이다

돌아가는 길 하늘이 아니라
감나무로 다시 태어난다는 걸
오래전부터 온몸으로 알고 있던 아버지

가을날 굵고 실한 열매로 남고 싶은 것이다
바람에도 곧잘 부러지는 여린 잔가지
태연히 끌어안고 하늘을 떠받치는,
아버지 낡은 뼈 속에는 감나무가 자란다

— ≪현대시학≫(2007. 4)

일흔 두 살 늙은 아버지가 왜 감나무를 심는 것일까. 내일 죽는 한이 있어도 오늘 나는 한 그루 사과나무를 심으리라고 했다는 서양의 철학가가 있었지만 그런 절체절명의 뜻이 담겨 있지 것 같지는 않다. 화자의 아버지는 지금까지 자연의 섭리를 거역한 적이 없었을 것이다. 아버지는 사람이 죽으면 하늘나라로 가는 것이 아니라 자연으로 돌아간다고 생각하는 사람이기에 자연의 섭리를, 생명의 이법을, 삼라만상의 법칙을 지키려고 감나무를 심는 것이 아닐까. 아버지는 한생을 농부로 살아왔기에 뿌리가 실하고 등이 반질반질하고 올곧은 묘목이어야지 나중에 굵고 실한 열매를 맺을 것임을 아는 것일 터. 감나무로 다시 태어난다는 것은 불교에서 말하는 윤회의 의미가 아니라 땅에서 나서 땅으로 돌아가는 것이 모든 생명체의 순환 논리임을 말해주는 것이므로 시의 마지막 연은 어쩌면 철학이다.

양애경

킬링 머신을 타고

비 젖은 길을 달려가니
갈색의 새 한 마리 바닥에서 필사적으로 기는데,
그러나 다친 너의 '필사적' 은
자동차의 속도와는 너무 달라
아, 어쩌면 좋니
내 차는 벌써 5미터는 미끄러져 갔고
네 여린 날갯짓이 차 바닥을 치는 희미한 소리

미안해, 아가
미안해, 아가

벌써 차는 100미터는 지나갔겠네
뭉개진 작은 동물들의 시체가
차 옆, 차 앞, 길가에 즐비한데
한 마디 애도할 틈도 없이
차는 시속 60킬로미터로, 80킬로미터로, 110킬로미터로
달리네

이 별에서는 왜 이렇게 바쁠까
분주히 정신없이 달려도
그저 밥이나 먹을 뿐인데

모두들 저 예쁘고 가련한 것들을 짓이기며

야, 이 별은 왜 이렇게 바쁜 건지
잔인한 건지
본의가 아니었다고 중얼거려도 때는 늦었네
우리는 킬링 머신을 모는 킬러들

— 《불교문예》(2007. 봄호)

이 시의 중심대상은 자동차를 몰고 "비 젖은 길을 달려가"다가 만난 "갈색의 새 한 마리"이다. 이 새는 "바닥에서 필사적으로 기"어 보지만 자동차의 속도가 너무 빨라 이내 "여린 날갯짓이 차 바닥을 치는 희미한 소리"를 낸다. 시인이 "미안해, 아가/미안해, 아가"라고 하며 연민의 마음을 드러내는 것은 바로 그 때문이다. 또한 그 때문에 시인은 자동차를 킬링 머신이라고 비유한다. 그런 점에서 '로드킬'을 다루고 있는 이 시는 문명비판의 생태적 상상력을 토대로 한다. 이는 "차 옆, 차 앞, 길가에" "뭉개진 작은 동물들의 시체가" 즐비하다는 표현을 통해서도 잘 알 수 있다. 시인은 "분주히 정신없이 달려도/그저 밥이나 먹을 뿐"인 이 지구를 매우 의아하게 생각한다. "저 예쁘고 가련한 것들을 짓이기"는 "이 별은 왜 이렇게 바쁜 건지/잔인한 건지" 모르겠다고 성찰하고 있는 것이 이 시의 시인이다. 그가 보기에 현대인은 이미 "킬링 머신을 모는 킬러들"일 따름이다. 이런 반생명적인 현대인에게 그가 어떻게 호의를 느낄 수 있겠는가.

오세영

詩作

내 테이블은 고독한
밤바다,
원고지는 그 바다에 뜬 木船,
밤마다 나침반 하나만 들여다보면서 나는
먼 대양을 항해한다.
가로 세로
하얀 백지에 금을 그어
매일 매일 작성하는 새 海圖.

오늘도 나는 등대처럼 깜빡이는 스탠드의
불빛 아래서
먼
海潮音을 듣는다.

— ≪시작≫(2007. 가을호)

일종의 메타시이다. 시에 대한 시, 詩作에 대한 시이기 때문이다. 시를 쓰는 일, 곧 詩作이란 무엇인가. 시인이라면 누구라도 수도 없이 거쳤을 것이 이 질문이다. 이 질문과 관련하여 시인은 우선 詩作의 상황부터 제시한다. "내 테이블은 고독한/밤바다,/원고지는 그 바다에 뜬 木船"이라는 구절이 바로 그것이다. 이런 시작의 상황을 제시한 뒤 시인은 정작의 시 쓰기를 "먼 대양을 항해"하는 일로 비유한다. 항해를 위해 시인은 "가로 세로/하얀 백지에 금을 그어/매일 매일" "새 海圖"를 작성한다고 고백한다. 물론 "새 海圖"를 "작성하는" 일은 시 쓰기를 준비하고 기획하는 일을 가리킨다. 오늘도 "등대처럼 깜빡이는 스탠드의/불빛 아래서/먼/海潮音을 듣는" 것이, 곧 시가 오는 소리를 듣고 있는 것이 시인이다.

오탁번

哺乳圖

밭가는 어미소 따라
강동강동 뛰는 송아지를
—네미! 네미!
할머니가 부르며
등에 업은 아기를 추스른다
밭에서 일하던 며느리는
송아지 부르는 소리를 듣고
—에미! 에미!
저 부르는 말인 줄 알고
밭두둑으로 냉큼 올라온다
—음마! 음마!
아기가 방싯방싯 웃는다

—저라! 저라!
—어뎌! 어뎌!
소모는 힘찬 소리에
왼쪽으로 오른쪽으로 내딛는
어미소 따라가며
—음메! 음메!
송아지가 젖 보채며 운다
배냇머리같이 보드라운

금빛 털이 함함하게 빛난다

―음마! 음마!
에미 젖 먹는 아기를 보며
할머니가
어미소 모는 애비에게 말한다
―송아지도 젖 보채누나
할머니의 말을 알아들은 듯
―음메! 음메!
어미소가 송아지를
송아지가 어미소를
서로서로 부른다
젖 먹던 아기가 옹알이하며
쇠젖 먹는 송아지를
도릿도릿 쳐다본다

― ≪창작과비평≫(2007. 봄호)

5000년 농경사회가 70년대에 들어와 공업국가로 바뀌었으니 공업국가의 역사는 50년이 채 되지 않는다. 5000대 50이다. 우리는 기나긴 세월 소를 키우며 살았다. 그리고 에미는 아기를 밭두둑에서 젖을 먹이며 키웠다. 이 시에는 한국적인 정서를 살찌우며 완성도를 높인 세 가지 요소가 있다. 그 첫째는 소리이다. 네미! 네미!, 에미! 에미!, 음마! 음마!, 저라! 저라!, 어뎌! 어뎌!, 음매! 음매! 등 사람을 부르거나 소를 부릴 때 쓰는 우리말이 환기하는 정서는 거룩한 평화이다. 이 세상에, 이 이상 거룩한 풍경이 또 있으랴. 둘째는 의태어이다. '강동강동', '방싯방싯', '도렷도렷'이 불러일으킨 분위기는 금상첨화인데, '함함하게'는 또 얼마나 좋은 우리말인가. 셋째는 관계의 아름다움이다. 어미소와 송아지가, 시어머니와 며느리가, 에미와 아기가, 또 애비(농사꾼)와 소가 신뢰감에 바탕을 둔 친화의 관계를 보여주고 있다. 이 세 가지가 만들어낸 미학은 정녕 아름다워 눈물겨운 것이다.

우대식

해변의 교회

바다가 보이는 해변의 교회
하얀 담벼락에
누군가 크게 그려 놓았다
→♥
'사랑한다
그래서 나는 너를 뚫는다'
교회 나무 벤치에 앉아 오래 울었다
새 한 마리
등을 두드리다 날아갔다

— ≪시와상상≫(2007. 겨울호)

2008 詩 화자는 혹 실연의 슬픔, 혹은 사별의 아픔을 안고 바다가 보고 싶어 바다를 찾아간 것이 아닐까. 해변의 교회 하얀 담벼락에 누군가가 크게 그려 놓은 것은

→♥

'사랑한다
그래서 나는 너를 뚫는다'

이었다. 이 낙서를 보고 화자는 교회 나무 벤치에 앉아 오래 울었다고 한다. 사랑할 대상이 지금 곁에 없기 때문일 것이다. 아니면 너를 뚫고 싶다고 말할 정도로 열렬한 사랑을 해본 적이 없어 회한에 사로잡혔을 수도 있다. 막막한 외로움과 막연한 그리움, 혹은 설움과 비감에 사로잡혀 오래 울고 있는 화자가 애처롭다. 새는 그냥 날아갔을 뿐이지만 화자는 자기 등을 두드려주다 날아간 것으로 인식하고 있다. 자기연민에 푹 빠져 있는 화자— 바다가 보이는 해변의 교회 옆 벤치에 아직도 앉아 울고 있으리.

원구식

피는 꽃의 말

꽃밭 중에서 햇볕도 들지 않는
구석 돌 틈에 핀 내 모습은
다른 꽃들 이파리에 가려
잘 보이지 않는다.
바람도 잘 들지 않는다.
님의 모습도 보이지 않는다.

내 간절한 소망은
어쩌다 바람이 옷깃을 스치듯
님이 나를 한번 보아주시는 것.
우연히 아주 우연히
님의 단추나 넥타이 핀 같은 것들이
내 곁에 떨어져
그걸 주으시려다
나를 한번 보아주시는 것.

이러한 내 소망이
냉정히 사라져도
나는 님을 위해 피는 꽃.
님이 보아주는 꽃이 아니라
님을 위해 열심히 열심히 피는 꽃.

— ≪불교문예≫(2007. 여름호)

일종의 배역시이다. 화자가 시인이 아니라 꽃으로 되어 있기 때문이다. "햇볕도 들지 않는/구석 돌 틈에 핀" 꽃은 자신이 "다른 꽃들 이파리에 가려/잘 보이지 않는다"고 노래한다. "바람도 잘 들지 않"고 "님의 모습도 보이지 않는" 곳에 처해 있는 것이 자기라는 뜻이다. 자신이 처해 있는 이런 상황이 불만인 것은 꽃의 가장 "간절한 소망"이 "어쩌다 바람이 옷깃을 스치듯/님이 나를 한번 보아주시는 것"이기 때문이다. 그런 이유로 꽃은 "우연히/님의 단추나 넥타이 핀 같은 것들이" "곁에 떨어져/그걸 주으"려 자신을 "한번 보아주시는 것"만으로도 크게 감동한다. 이런 "소망이" "사라져도" "님을 위해 피는 꽃"은 "님을 위해 열심히 열심히" 핀다. 따라서 이 시는 님을 위해 피는 꽃의 무한한 사랑과 희생을 노래하고 있다고 할 수 있다. 물론 이 때의 꽃과 님은 만해의 시에서처럼 매우 다양하고 복잡한 상징을 갖는다.

위선환

소래포구

폐철로에 앉아 비닐막 안에서 첫째 사내가 술을 마시고 있다 사내는 젖었다 등가죽과 겨드랑이가 척척하다

비 젖은 뱃전에는 고기비늘들 돋았고 새하얀 가시뼈며 별빛 떨어진 자국들 개펄에 흩어져 있고

물안개가 풀리더니 갯고랑에 갯물이 고인 다음에는 발목에 어스름이 감기더니

기둥뿌리가 기우뚱 들려 있는 소금창고의 뒤쪽, 어깨가 한쪽으로 기운 둘째 사내가 어둑어둑 폐염전을 걸어간다

멀어지며 깜깜해지는 것들이 사내의 등덜미에 묻은 소금발처럼 희끗희끗할 때

희끗희끗 머리털이 센 포구가 자정 지난 불빛 아래에 나앉아 쪼그리고, 턱 괴고, 먼 물길에서 돌아오지 않는 젊은 어부를 생각할 때

허공을 건너지른 큰 다리 난간에, 위험하게 상체를 내민 셋째 사내의 툭 꺾인 허리가 걸려 있다

— 《내일을여는작가》(2007. 가을호)

자연보다 더 훼손되지 않은 것은 자연을 노래하는 시인의 순연한 마음일 것이다. 자연은 실감과 기억, 그리움의 보물창고이다. 이러한 자연을 오늘의 인간이 문명을 통하여 기묘한 증상을 앓게 한다. 인간에게 자연은 투명한 사물로 존재할 수도, 초월자로 군림할 수도 없다.

폐염전을 찾은 시인은 잡초들에 덮여있는 황량한 소금밭과 헐은 소금창고들과 뻘 등에 엎드려 있는 포구를 보게 된다. 시인은 소금밭을 걸어보다가 물길에서 돌아오지 않는 젊은 어부를 생각해 본다. 최근 자연에 대한 담론이 활발해지는 것은 반서정적 현실에 대한 위기감과 자연에 대한 열망이 극대화되고 있기 때문이 아닐까?

유안진

나는 허파이다

坐骨神經痛 앓으며 되짚어본다
왼손잡이가 아닌데도
딸이라는 이유로 오른쪽이 못 되어
왼발로 걷고
왼 눈으로 보고 왼 귀로 듣고
왼손*의 혀로 말하며 살아왔다는 것을

걷다 보면 저절로 左側通行이 되지만
나는 좌파가 아니다
우파나 남파 북파도 아니다
대파나 쪽파는 더구나 아니다
미국에서 잠깐 공부한 적은 있지만 양파는 아니다
물론 구라파도 아니다

다만 여성인 까닭으로
1.3.5.7.9…의 吉數나 陽數가 못 되고
짝 없이는 못 산다는 2.4.6.8…의 짝수 陰數이다
吉方인 東과 南이 아닌 西와 北이다
하늘 아닌 땅이고, 해가 아닌 달이고, 대낮 아닌 야밤이고
밖[外]이 아닌 안[內]이고, 위[上]가 아닌 아래[下]이고
먼저[先]가 아닌 나중[後]이고, 머리 아닌 꼬리이니

저절로

꿈보다는 해몽에

불공보다는 잿밥에

소리보다 추임새에

원님행차보다는 나발불기에 골몰하다가

사람보다는 귀신 도깨비 허깨비에 치우쳐

겨우 숨통 틔워온 허파다, 말짱 虛派일 따름이다.

*"모든 예술은 왼손에서 나온다" – Paul Feyerabent 자서전
　『시간 죽이기』에서

— ≪시작≫(2007. 봄호)

허파는 폐인데 이 시에서 허파는 '虛派'로도 쓰인다. 그다지 길지 않은 작품이지만 시인이 살아온 생의 궤적이 때로는 실감나게 때로는 유머러스하게 그려져 있다. 딸이라는 이유로 오른쪽('누구의 오른팔'의 의미와 흡사)이 못 되어 왼발로 걷고 왼 눈으로 보고 왼 귀로 들으며 살아온 지난한 세월이었다. 시인은 좌파도 아니었고 미국 유학 시절이 있었지만 '(西)洋派'도 아니었다. 시인은 제3연에 이르러 대한민국에서 여성으로 태어나 살아간다는 것이 형극의 세월은 아니라 할지라도 인고의 세월임을 잘 말해주고 있다. 그래서 그만 '저절로' 변방으로(혹은 음지로) 물러서 있는 것이 버릇이 되고 말았다. 마지막 연에 이르러 시인은 아직까지도 '남존여비'라는 구시대적 사고에서 못 벗어난 사람들에게 일갈한다. "사람보다는 귀신 도깨비 허깨비에 치우쳐/겨우 숨통 틔워온 허파다, 말짱 虛派일 따름"이라고.

윤재철

그 많던 다방은 다 어디로 갔을까

커피 한 잔 시켜 먹고
이따금 더운 엽차 불어 마시며
하루 종일을 죽치고 앉아
더러 메모지에 볼펜 좀 갖다 달래서 시도 끄적거리다
무슨 아지트처럼 친구들 모여 나가서 일보고 다시 돌아
와 노닥거리던

굽이 높고 하얀 꽃무늬 샌달 신고
한복 치마꼬리 감아올리며 옆에 앉아
노른자 뜬 쌍화차 한 잔 죽이며 눈웃음치던
그 많던 마담은 다 어디로 갔을까
허연 허벅지 드러내고 껌 짝짝 씹으며
국화빵 사다 먹자던 그 많던 레지는 다 어디로 갔을까

지금은 헬스클럽에나 다니고 있을까
스포츠 댄스나 즐기고 있을까
아니면 흘러흘러
아직도 여자 귀한 시골 다방
티켓 장사 하고 있을까

때로는 친구들로 벽을 치고

누군가는 성명서 써 내리고 돌려보며 토론하던

그 다방이 없구나

이 환한 도심 속에는

축축하고 어둑어둑 담배 연기 자욱하던

그 다방이 없구나

— ≪불교문예≫(2007. 겨울호)

"그 많던 다방은 다 어디로 갔을까." 사라져간 것은 아름다운 것인가. 가수 최백호의 노래를 빌리지 않더라도 이 시를 읽으면서 '낭만에 대하여' 추억하는 것은 자연스런 일이다. 담배 연기 자욱한 공간 속에서 커피를 마시며 음악을 듣던, 어떤 날은 "하루 종일을 죽치고 앉아/더러 메모지에 볼펜 좀 갖다 달래서시도 끄적거리"기도 하고, "무슨 아지트처럼 친구들 모여 나가서 일보고 다시 돌아와 노닥거리던" 다방, 다방은 젊은 날의 생의 기쁨과 슬픔이 넘나드는 곳이었다. 그러나 자본의 환한 도심에는 그 어디에도 다방이 없다. 사라져간 것이 어찌 다방뿐이랴.

이규리

결혼식

하얀 드레스 자락이 조마조마 먼지를 끌고 간다

구두 안에 웅크린 발등도 조마조마 꼼지락거리겠다

신부, 먼 데서 온 신부

먼지보다 더 작게 웃을락 말락

소름 돋은 팔이 가늘고 착잡하다

하얗게 펼쳐놓은 길, 꿈길

슬쩍 당기면 헝클어질 광목 깔개가

문득 실크로드 같다

천 년 전 사막을 횡단하던 대상들, 오늘 정장으로 모여
삼삼오오 술렁이는데

저 행진 끝이 나면

인연은 무엇을 흥정할 것인가

일생이 서로 건네고 받아야 할 교역이라는 듯

지금, 꽉 끼는 구두 참으며 간다

불빛 아래 보송보송한 먼지, 축가 날리는 속으로

인조 속눈썹 깜빡이며 어린낙타는 간다

— ≪현대시학≫(2007. 6)

결혼은 설레고 조마조마한 마음으로 걷는 길이다. 결혼은 구체적이거나 추상적인 삶의 처음이다. 결혼이라는 바른 길 떠나려고 할 때는 사람들이 정장차림으로 모여 삼삼오오 축하를 해준다. 하지만 결혼은 그 길이 끝나는 부분에 대해서까지 사람들이 어떤 모습으로 서서 무엇을 약속해줄 것인가를 생각하게 한다. 따라서 결혼은 미래의 사랑과 고통을 희화한 실존의 풍경이라 할 수 있다. 시인은 결혼에 관한 언술들로 현실의 풍경을 부각시킴으로서 현실과 미래가 겹쳐지는 선명한 몽타주를 보여 준다. 그래서 시인은 일생에서 가장 어렵고 힘든 길 위에 서 있는 때가 결혼이라고 표현한 것이다.

이근배

흰 눈썹 하나

어느 아침 면도를 하다가
어? 오른편 눈썹에
흰 터럭이 솟은 걸 보았다.

— 白眉로구나

눈, 코, 입, 귀가 있다고
어디 얼굴일 수 있으랴
뭐 하나 제대로 갖춘 게 없고
쓴 글이라고는 불쏘시개 감도 못 되는데
헛나이라도 먹었다고
흰 눈썹이 날을 세워?

어림없는 일이다
하늘이 두려우면
큰 삿갓이라도 쓰고 다닐 일
제 낯짝 하나 건사 못하면서
웬 백미?
소가 웃겠다

— ≪시안≫(2007. 여름호)

중국 촉한 때 제갈공명과도 친교를 맺으며 侍中을 지낸 馬良이라는 사람이 있다. 그에게는 다섯 형제가 있었는데, 字에 모두 常이란 글자가 들어 있어 사람들은 그들을 '馬氏五常'이라고 불렀다. 읍참마속으로 유명한 마속을 포함해 형제들 모두 재주가 뛰어났다. 그 중에도 마량이 가장 뛰어나 사람들은 "馬氏五常 白眉最良"(마씨 오상 가운데 白眉가 가장 훌륭하다)이라고 말했다. 마량의 눈썹에는 흰 털이 섞여 있어 이때부터 같은 부류 중 가장 뛰어난 자를 백미라고 불렀다. 지금은 가장 뛰어난 작품을 가리킬 때도 이 말을 쓴다. 시인은 "어느 아침 면도를 하다가" "오른편 눈썹에/흰 터럭이 솟은 걸" 본다. 이 시는 이처럼 白眉의 고사와 관련한 성찰과 반성을 담고 있다. 백미가 난 것을 발견하고 "뭐 하나 제대로 갖춘 게 없고/쓴 글이라고는 불쏘시개 감도 못 되는데" "흰 눈썹이 날을 세워?"라고 하며 자신을 돌아보고 있는 것이 이 시이다. 이어지는 구절에서도 그는 "하늘이 두려우면/큰 삿갓이라도 쓰고 다닐 일/제 낯짝 하나 건사 못하면서/웬 백미?"라고 하며 자신을 낮춘다. 물론 이런 겸손은 도도한 자만심이 바탕을 이룰 때나 가능하다.

이덕규

腹上死

쟁기질 하던 낡은 경운기 한 대가 보습을 흙 속에 박은
채, 밭 가운데 그대로 멈춰서 있다
평생 흙 위에서 헐떡거리다가
한순간 숨이 멈춰버린 늙은 오입꾼처럼

평소 그에게 시달렸던 잡초들 우북이 달라붙어 그를 헐
뜯는 동안
마지막 남은 양기를 한 끝에 모아
땅 속 깊숙이 쥐어 짜 넣듯 일의 뒤를 즐기고 있다

어디든 오래 묵어 자빠진 비알 밭의 속살에 탱탱하게
선 날을 밀어 넣으면
고압 전류에 감전된 짐승처럼 심장이 터져라 부르르 떨
며 달려가던,
그가 지나온 이랑마다 푸른 정전기 일듯
새싹이 돋아나고 꽃이 피고 얼마나 많은 열매를 맺었던가

어느 執刀醫가 급하게 열었다 대충 봉합해버린 가슴 언
저리 볼트 몇 개가 느슨하게 풀려서
무시로 드나드는 바람을 따라 그의 몽롱한 의식 속으로
들어서면

조용하다, 먼지 한 톨 없는 엔진실
　이모노합금 바닥에 아직 남아 굳어가는 검은 기름의 침
묵이
　꺼진 흑백 화면 유리알처럼 반짝인다

　거기, 한 사내가 이제 막 일을 마친 듯 거친 수염을 쓰
다듬으며 우묵한 눈망울을 굴리다 간다

　　　　　　　　　　　　― ≪창작과비평≫(2007. 겨울호)

제목도 그렇지만 시의 본문도 에로티시즘이 농밀하게 묻어난다. 하지만 내용은 아주 비극적이다. 시인은 쟁기질하던 낡은 경운기가 보습을 흙 속에 박고 있는 광경을 보고 성행위를 떠올렸을 것이다. 그렇다, 사내에게 있어 땅은 여자였다. 평생 흙 위에서 헐떡거렸고 "비알 밭의 속살에 탱탱하게 선 날을 밀어넣"으며 살아왔다. 사내는 장가 못 간 농촌 총각이 아닐까. 여인의 배 위가 아닌 땅 위에서, 흙 위에서, 밭 위에서 땀을 흘리며 한 생을 살았다. 끝내는 우묵한 눈망울을 굴리다 간 그는 죽어서 흙의 몸 안으로 들어갔으리라.

이문재

물의 결가부좌

거기 연못 있느냐
천 개의 달이 빠져도 꿈쩍 않는, 천 개의 달이 빠져나와
도 끄떡 않는 고요하고 깊고 오랜 고임이 거기 아직도 있
느냐

오늘도 거기 있어서
연의 씨앗을 연꽃이게 하고, 밤새 능수버들 늘어지게
하고, 올 여름에도 말간 소년 하나 끌어들일 참이냐

거기 오늘도 연못이 있어서
구름은 높은 만큼 깊이 비치고, 바람은 부는 만큼만 잔
물결 일으키고, 넘치는 만큼만 흘러넘치는, 고요하고 깊
고 오래된 물의 결가부좌가 오늘 같은 열엿샛날 신새벽
에도 눈뜨고 있느냐

눈뜨고 있어서, 보름달 이우는 이 신새벽
누가 소리 없이 뗏목을 밀지 않느냐, 뗏목에 엎드려 연
꽃 사이로 나아가지 않느냐, 연못의 중심으로 스며들지
않느냐, 수천수만의 연꽃들이 몸 여는 소리 들으려, 제
온몸을 넓은 귀로 만드는 사내, 거기 없느냐

어둠이 물의 정수리에서 떠나는 소리

달빛이 뒤돌아서는 소리, 이슬이 연꽃 속으로 스며드는 소리, 이슬이 연잎에서 둥글게 말리는 소리, 연잎이 이슬방울을 버리는 소리, 연근이 물을 빨아올리는 소리, 잉어가 부레를 크게 하는 소리, 진흙이 뿌리를 받아들이는 소리, 조금 더워진 물이 수면 쪽으로 올라가는 소리, 뱀장어 꼬리가 연의 뿌리들을 건드리는 소리, 연꽃이 제 머리를 동쪽으로 내미는 소리, 소금쟁이가 물 위를 걷는 소리, 물잠자리가 제 날개가 있는지 알아보려 한 번 날개를 접어보는 소리—

소리, 모든 소리들은 자욱한 비린 물 냄새 속으로

신새벽 희박한 빛 속으로, 신새벽 바닥까지 내려간 기온 속으로, 피어오르는 물안개 속으로 제 길을 내고 있으리니, 사방으로, 앞으로 나아가고 있으리니

어서 연못으로 나가 보아라

연못 한 가운데 뗏목 하나 보이느냐, 뗏목 한 가운데 거기 한 남자가 엎드렸던 하얀 마른 자리 보이느냐, 남자가 벗어놓고 간 눈썹이 보이느냐, 연잎보다 커다란 귀가 보이느냐, 연꽃의 지문, 연꽃의 입술 자국이 보이느냐, 연

꽃의 단냄새가 바람 끝에 실리느냐

　고개 들어 보라
　이런 날 새벽이면 하늘에 해와 달이 함께 떠 있거늘, 서쪽
에는 핏기 없는 보름달이 지고, 동쪽에는 시뻘건 해가 떠오
르거늘, 이렇게 하루가 오고, 한 달이 가고, 한 해가 오고,
모든 한살이들이 오고가는 것이거늘, 거기, 물이, 아무 일
도 아니라는 듯, 다시 결가부좌 트는 것이 보이느냐

— 웹진 ≪문장≫(2007. 6)

자연은 시인이 갈망하는 삶의 터이다. 실체를 확인하고 상상의 힘으로 세계를 지속시키고 싶어 한다. 그 까닭은 인간도 자연의 일부이기 때문이다. 연못 하나를 바라보면서, 천 개의 달이 빠져도 꿈쩍 않는 연못을 상상하며, 연못에 엎은 뗏목을 생각하면서, 뗏목에 엎드린 사내를 그려본다. 시인의 귀는 얼마나 밝게 자연으로 열려있는지. 수천수만의 연꽃들이 몸 여는 소리가 들리고, 달빛이 되돌아서는 소리, 이슬이 연꽃 속으로 스며드는 소리, 소금쟁이가 물 위를 걷는 소리까지 듣는다. 자연은 닫힌 인간의 문을 열어주고 이 시인의 현실 너머에 있는 비밀스런 세계로 이끌어 가서 특별한 감흥을 일으키게 한다. 자연이 여러 가지 차원의 의미를 지니고 있음을 보여주는 시이다.

이상국

나는 퉁퉁 불은 라면이 좋다

우리 어머니 수제비 끓여 자시고
나 먹으라고 부뚜막 뒤에 한 그릇 덮어놓곤 했다
한 여름 학교에서 늦게 돌아오면 그게 돌덩이처럼 불어
뚜껑을 삐뚜루 모자처럼 쓰고 있었는데
그 사이로 동네 파리가 다 몰려들어
먹고 싸고 잔치를 벌였다
나는 그걸 고추장에 비벼서 퍼 먹고는
소를 먹이러 가고는 했다
나는 지금도 밥보다 수제비가 좋다
라면을 먹어도 지렁이처럼 퉁퉁 불은 게 좋다
그 속에 어머니가 있는 것 같으니까

— 《시선》(2007. 가을호)

이 시는 밥걱정 없이 도시에서 살아가는 요즈음 젊은이들은 체험할 수 없는 일을 그리고 있다. 밥걱정을 하며 농촌에서 살아가던 1950년~1960년대 젊은이들이 체험했던 일을 그리고 있기 때문이다. 퉁퉁 불은 수제비로 끼니를 대신하던 시절에 오히려 어머니의 자식 사랑, 자식의 어머니 사랑은 컸는지도 모른다. 그 시절에는 "한 여름 학교에서 늦게 돌아"오면 "부뚜막 뒤에" 수제비만 한 그릇 양재기에 덮여 있기 일쑤였다. 어머니나 아버지는 논이나 밭으로 일을 하러 나갔기 때문이다. 당연히 "돌덩이처럼 불"은 수제비를 두고 "동네 파리가 다 몰려들어/먹고 싸고 잔치를 벌"였다. "그걸 고추장에 비벼서 퍼 먹고는/소를 먹이러 가고는 했"는데, 시인의 연배라면 이는 누구나 겪은 일이다. 그래서일까. 화자는 "지금도 밥보다 수제비가 좋다". "라면을 먹어도 지렁이처럼 퉁퉁 불은 게 좋다/그 속에 어머니가 있는 것 같"기 때문이다.

이상옥

참새

창원집 대추나무 아래
참새 몇 마리

애견 고야가 지난 밤 남겨놓은 사료 먹으러
아침마다 방문하는 진객

부스러기 몇 알갱이 먹는다고
가장 아름다운 아침 자명종을 울리는

— ≪불교문예≫(2007. 가을호)

한 폭의 풍경화가 그려져 있다. 밤새 잠들어 있던 갖가지 사물들이 자명종을 울리는 참새들로 인해 분주하게 깨어난다. 창원집 대추나무 아래 참새 몇 마리 통통거리는 것이 보인다. 지난밤 애견 고야가 남겨놓은 사료를 먹기 위해서 모여든 참새들의 지저귐을 시인은 가장 아름다운 아침 자명종이라고 말한다. 기계적으로 울어대는 자명종 소리, 또는 자동차 소리에 눈을 뜨는 도시인들의 아침과는 판이하게 다른 아침을 맞는 시인이 부럽기만 하다. 대추나무가 있는 창원집으로 가보라. 거기 자연의 소리에 눈이 먼 시인의 따뜻한 마음이 한 폭의 풍경화처럼 펼쳐져 있다.

이성부

산길

모든 산길은 조금씩 위를 향해 흘러간다
올라갈수록 무게를 더하면서 느리게 흘러간다
그 사람이 잠 못 이루던 소외의 몸부림 속으로
그 사람의 생애가 파인 주름 속으로
자꾸 제 몸을 비틀면서 흘러간다
칠부 능선쯤에서는 다른 길을 보태 하나가 되고
하나로 흐르다가는 또 다른 길을 보태 오르다가
된비양을 만나 저도 숨이 가쁘다
사는 일이 케이블카를 타고 오르는 일 아니라
지름길 따로 있어 나를 혼자 웃게 하는 일 아니라
그저 이렇게 돌거나 휘거나 되풀이하며
위로 흐르는 것임을 길이 가르친다
이것이 굽이마다 나를 돌아보며 가는 나의 알맞은 발걸
음이다
그 사람의 무거운 그늘이
죽음을 결행하듯 하나씩 벗겨지는 것을 보면서
산길은 별을 받아 환하게 흘러간다

— ≪창작과비평≫(2007. 여름호)

산행시라고 하는 독특한 장르를 개척한 것이 이성부 시인이다. 이 시에서도 그는 '산길'이 내포하는 진리를 섬세한 언어로 펼쳐 놓는다. 중심소재인 '산길'에 대한 이런저런 깨달음을 담아내고 있는 것이 이 시이다. 이와 관련해 시인이 맨 처음 진술하는 것은 "모든 산길은" "위를 향해 흘러간다"는 점이고, "올라갈수록 무게를 더하면서 느리게 흘러간다"는 점이다. 시인은 이를 '산길'이 한 사람의 "소외의 몸부림 속으로", "파인 주름 속으로" "제 몸을 비틀면서 흘러"가는 것이라고 이해한다. 이렇게 흘러가는 '산길'은 "다른 길을 보태 하나가 되고/하나로 흐르다가는 또 다른 길을 보태 오"른다. 급기야 "된비양을 만나"면 산길 "저도 숨이 가"빠진다. 하지만 "사는 일"은 '산길'을 "케이블카를 타고 오르는 일 아니"다. 산길은 "지름길 따로 있"지 않다는 것을, 자신이 "돌거나 휘거나 되풀이하며/위로 흐르는" 길임을 가르친다. 한 "사람의 무거운 그늘이" "하나씩 벗겨지는 것을 보면서" "별을 받아 환하게 흘러"가는 산길을 걷고 있는 것이 지금의 시인이다.

이수명

일시적인 모서리

나는 복도를 걸어간다.
나는 복도를 구성한다.

어제와 오늘과 내일은 수평이다.
바닥과 벽과 천장은 수평이다.
수평으로 휘어진다.

나는 벽을 걸어간다.
나는 벽을 나타낸다.

블라인드와 머리칼과 어둠은 수평이다.
바닥과 벽과 천장은 수평이다.
수평으로 포위한다.

나는 천장을 걸어간다.
나와 같이 가요.

나는 수평이다.
바닥과 벽과 천장은 수평이다.

— ≪시와세계≫(2007. 봄호)

詩 **2008** 수직이라고 생각했던 벽이 사실은 수식이 아니라 수평이라고 시인이 느끼는 것은 그것이 휘어진다고 여기기 때문이다. 시인이 생각하기에 복도는 시인의 걸음으로 구성되고, 벽은 시인이 있어 겉으로 드러난다고 생각한다. 좋은 시인의 자질 중 하나는 독특한 개성이다. 이 시인의 거부와 항거는 뿌리를 파헤칠수록 거센 내압으로 버틴다. 바닥과 벽과 천장은 수평이기 때문에 '나는 수평이다'라고 통합적 결론을 내린다. 실존의 사실들은 현실의 모순에 따른다고 볼 수 있다. 그래서 시인은 "바닥과 벽과 천장은 수평이"라고 말하면서도 "수평으로 포위한다"고 덧붙이는 것이다.

이수익

귀가 간다

귀가 가고 있다.
파랗게 소리의 파장을 따라 물결치던 귀가
한 점 구름 없이 청명했던 내 귀가
어느샌가 나도 몰래 어두운 길을 가고 있다.
이미 너무 많은 것을 들은 것 같기도 하다.
들을 만큼 들었으므로 귀의 문이
닫힐 때도 되긴 되었다.
그런가?
씹어 삼킨 풀을 소가 되새김질하듯
이미 귀에 담아둔 소리들을
꺼내어 되씹는 일만으로도
앞으로 남은 생은 충분하다는 것일까?
분명히, 더 들어야 할 말이 있을 것 같은데
듣고 싶은 소리들이 남아 있을 것 같은데
더 들을 일 없다는 듯이 귀가 가고 있다.
멀어지고 있다.
조금씩, 귀의 문이 닫히고 있다.

― ≪불교문예≫(2007. 겨울호)

"귀가 가고 있다"는 것은 귀가 들리지 않기 시작했다는 것을 가리킨다. 六十而耳順이라고 했거니와, 나이가 들면 누구라도 귀가 어두워지기 마련이다. 시인은 여기서 그것을 "한 점 구름 없이 청명했던 내 귀가/어느샌가 나도 몰래 어두운 길을 가고 있다"라고 표현한다. 시인은 그 이유를 "이미 너무 많은 것을 들"었기 때문이라고 생각한다. "들을 만큼 들었으므로 귀의 문이/닫힐 때도 되긴 되었다"고 생각하지만 실제로는 못내 아쉬워하기도 한다. 이는 "되새김질하듯/이미 귀에 담아둔 소리들을/꺼내어 되씹는 일만으로도/앞으로 남은 생은 충분하다는 것일까" 하고 그가 반문하고 있는 데서도 알 수 있다. "더 들어야 할 말이" "남아 있을 것 같은데/더 들을 일 없다는 듯이" 그의 "귀가 가고 있"는 것이다. 따라서 "조금씩, 귀의 문이 닫히고 있"는 것을 아쉬워하는 시인의 마음이 담겨 있는 시라고 할 수 있다.

이승하

김천화장장 화부 아저씨

먼동이 터 오는 시각쯤에 세수를 하며
그대 무슨 생각을 했을지 궁금하다
오늘은 또 몇 구의 시체가 들어올까
겨울로 막 접어들거나 날이 풀릴 때
더욱 바빠진다는 그대 아무 표정 없이
불구덩이 속으로 관을 넣는다
줄지어 선 영구차, 선착순으로 받는 시신

울고 웃고 미워하고 용서했던 사람들의
시간을 태운다 거무스레한 연기가
차츰차츰 흰 연기로 변한다
구름을 데리고 와 낮게 드리운 하늘
아 이게 무슨 냄새지
화장장 가득 퍼지는 오징어 굽는 냄새 같은
짐승의 똥 삭히는 거름 냄새 같은

잘게 빻아주세요
뿌릴 거요 묻을 거요
땅에 묻을 겁니다
묻을 거라면 내 하는 대로 놔두쇼
잘게 빻으면 응고가 됩니다

한 시간을 타고 빗자루로 쓸어 담겨
분쇄기에서 일 분 만에 가루가 되는 어머니

검게 썩을 살은 연기와 수증기로 흩어지고
하얀 뼈는 이렇게 세상에 남는구나
체온보다 따뜻한 유골함을 건네는 화부
어머니는 오전 시간의 마지막 손님이었다
화부는 화장장 마당에 쭈그리고 앉아
담배를 피운다 입에서 연기가 뿜어져 나온다
표정 없는 저 화부는 金泉火葬場이다

— 《문학사상》(2007. 4)

이 시의 화자는 시인 자신이다. 하지만 시인은 여기서 저 자신이 아니라 '김천화장장 화부 아저씨'에 대해 노래한다. 대상으로 선택된 '김천화장장 화부 아저씨'라는 인물형상을 객관적으로 노래하고 있는 것이 이 시인 것이다. 김천화장장 화부 아저씨는 어떤 인물인가. 그는 "아무 표정 없이/불구덩이 속"에 "관을 넣는" 일을 통해 "울고 웃고 미워하고 용서했던 사람들의/시간을 태"우는 사람이다. 그 "사람들의/시간" 속에는 시인이 사무치게 그리워하는 어머니의 시간도 들어 있다. "체온보다 따뜻한 유골함을 건네는" '김천화장장 화부 아저씨'에게 "어머니는 오전 시간의 마지막 손님"에 불과하다. 이런 표현을 바탕으로 이 시에서 시인은 어머니에 대한 사무치는 그리움을 아무런 "표정 없"이 "줄지어 선 영구차"에서 "선착순으로" 시신을 받고 있는 '김천화장장 화부 아저씨'의 냉정한 마음에 빗대어 드러내고 있는 것이다.

이시영

신발

 사람들은 죽음의 순간에도 왜 신발을 가지런히 벗어놓
고 갈까
 영혼더러 그 신발을 신고 따라오란 것일까
 아니면 너와의 인연이 다했으니 이제 그 신발을 신고
 다른 거처를 찾아가란 말일까
 오늘도 한강 대교 난간엔 구두코가 반지르르한 새 구두
한 켤레가 하늘을 향해
 아주 반듯이 놓여 있다

　　　　　　　 — 시집 『우리의 죽은 자들을 위하여』, 창비, 2007.

조그만 서사 한 편을 모두 네 개의 문장으로 응축하고 있는 시이다. 그 중 세 개의 문장은 의문형 종결어미를 취하고 있어 좀더 독특한 리듬을 산출한다. 이런 리듬이 만드는 아우라는 "한강 대교 난간"에 "반듯이 놓여 있"는 "구두코가 반지르르한 새 구두"를 통해 독자에게 삶과 죽음의 근원을 되묻게 한다. 예의 리듬과 이미지를 거느리는 이 시의 '서사'는 무엇보다 "신발을 가지런히 벗어놓고" 저승으로 간 사람들에 대한 연민을 바탕으로 한다. 연민이 자리해 있지 않다면 이 시의 조그만 '서사'는 심미적 기능을 하기 어려우리라. 심미적 기능은 대상과 통전되는 체험과 다르지 않다. 그렇다. "인연이 다"한 영혼과 육체에 대한 조촐한 연민을 담고 있는 것이 이 시이다. 시인은 이 시에서 자신의 체험을 직접적으로 고백하지 않는다. 객관적인 사실을 표나지 않게 진술하고 있을 따름이다. 이는 아직도 그가 객관적인 사실로부터 진실을 발견하려고 하는 리얼리즘의 정신을 깊이 간직하고 있기 때문으로 보인다.

이영광

하나님의 자연 시간

다시 태어나지 않으려는 이들의 집도
헐면 고쳐서 살아야지
송장 나간 자리도 훔치고 누우면 또
잠자리 아니던가

佛事 중인 봉영사,
앳되고 오랜 봄날이 와서
앉은뱅이 풀꽃 느티나무 어린 싹,
죽음보다 멀고 깊어라

나물 캐던 늙은 봄처녀들
웃다 간 꽃밭은
하나님의 자연 시간인가

주지도
고양주도
객승도, 外道하듯
볕을 쬐네

處士는 낮술에 젖어
찬물 한 잔 놓고

실눈으로 보느니,

명부전 그늘 어딘가에서
몸 없는 이들의
머리핀처럼
넥타이처럼

날아오는
노랑나비 떼

— ≪시에≫(2007. 겨울호)

이 시에서 "하나님의 자연 시간"은 대상들의 "죽음"을 통과하는 소멸과 신생의 다른 이름이다. '불사'와 '봄날'이 엮어내는 봄 풍경의 신생이 "죽음보다 멀고 깊"다는 인식은 "송장 나간 자리"가 "잠자리"로 전환되면서 사유체계를 깊게 만든다. 1연의 고쳐 살아야 하는 집, 2연의 봄날 불사 중인 봉영사, 3연의 웃다 간 봄처녀들, 4연의 주지, 공양주, 객승, 5연의 낮술에 취한 처사, 6연의 몸 없는 이들의 명부전 등은 각각 대구를 이루며 생사가 본래 나누어져 있지 않고 하나라는 사실을 일깨워 준다. 이 모든 대상들은 소멸하듯 신생하고, 신생하듯 소멸하는 존재들로 나타난다. 마지막 연의 "노랑나비 떼"는 신생의 환희를 드러내 주는 객관적 상관물이다. 시인은 지금 하나님의 자연 시간 속으로 들어가 훨훨 날고 있는 노랑나비 떼를 즐긴다.

이 원

퀵서비스맨

　검은 옷과 검은 헬멧의 퀵서비스맨 오토바이로 차들 사
이사이를 비집으며 달린다 등 뒤에서 밀봉된 박스가 덜
컹거리고 엉덩이 아래 양쪽에서 주황색 비상등은 쉴 새
없이 동시에 깜박인다 비상등은 허공의 맥박이다 몸의
주술이다 시간의 다급한 구토다 퀵서비스맨 쉴 새 없이
차선을 바꾼다 납작하고 가파른 사이드 미러에 차들과
허공을 담았다 뱉어버린다 차들의 사이드 미러에 느닷없
이 들이닥쳤다 나와버린다 허공의 암벽에 시선을 척척
갖다 건다 퀵서비스맨 허공의 암벽을 뚫는다 소리가 울
퉁불퉁하다 파편들이 사방으로 튄다 시간이 하혈한다 퀵
서비스맨 몸이 줄줄 샌다 길은 계속 질주한다 퀵서비스
맨이 흘리고 가는 몸을 차들이 짓이기며 간다 몸은 잘 다
져진다 길에서 살냄새가 난다 몸이 빠져나간 바지와 점
퍼가 펄럭인다 퀵서비스맨 곧 철거될 임시 천막 같다 어
깨를 따라 동글게 새겨진 성실퀵서비스가 타다 남은 뼈
처럼 덜그덕거린다 낡은 오토바이의 비좁은 난간 위에
악착같이 붙어 있는 것은 두 발인가 굳은 절규인가 절망
이라는 새살인가 바람이 천막의 앞가슴을 퍽퍽퍽 치며
묻는다 텅 빈 몸 안에 바람의 근육을 달고 질주하는 퀵서
비스맨 살을 내어주고 삶의 시간을 얻는 퀵서비스맨 느
닷없이 급브레이크를 밟는다 허공이 쭉 찢어진다 짙은

180

곰팡이 냄새가 난다 브레이크 등에서 흘러내리다 멈춘
퀵서비스맨의 심장이 펄떡거린다 심장은 아직 붉다 물컹
하다

— ≪시와세계≫(2007. 봄호)

근대 문명이 촉발한 비동시적 시간의 공존 현상은 많은 시인들의 시를 통해 확산되고 있다. 시인들은 빠르게 돌아가는 시간을 선택함으로 미래의 시계를 장착해 두고 있다. 시인은 오토바이를 매개로 하여 시간이 삶을 짓기며 가는 과정을 노래하고 있다. 퀵서비스는 이 시대의 비좁은 거리를 뚫고 목표물을 향해 돌진하고 있다. 그러다가 느닷없이 급브레이크를 밟을 때, 등에서 흘러내리는 것은 심장이라고 표현하고 있다. 이 시인의 시간은 속도를 불러들임으로 인해 더욱 긴박한 감흥을 느끼게 한다. 다양한 시간들의 공존은 우리 시의 새로운 존재 방식으로 확산되고 있다.

이운룡

파편 플라타너스

문득 내 어깨에 내려앉은 부드러운 충격이
걸음을 멈추게 한다
가을 잎인가 가을 파편인가?
하늘 잎인가 하늘 파편인가?
하고 생각하다 고개를 들어보니
플라타너스 잎들이 늙은 몸을 지탱하지 못하고 매달려
있다
벌레들이 가을을 집중 사격하여 빈 벌집이 된 가을 잎?
하늘이 찢어지도록 너무 잡아당겨 나풀거리는 하늘 파편?
이런 생각들이 잠깐
내 어깨 위에 머물러 정신을 차리려다가
몸이 무거움을 깨닫고는 플라타너스
가을 잎 가을 파편과
하늘 잎 하늘 파편과
하나가 되어
그만 땅바닥으로 떨어져 눕는다

나는 그 바람에 가던 길을 잃어버리고 만다.

— ≪시와상상≫(2007. 겨울호)

화자는 자신의 "어깨에 내려앉은" 플라타너스
잎들의 "부드러운 충격"에 문득 "걸음을 멈"춘
다. 이 시에는 그렇게 걸음을 멈추면서 플라타너스 잎
들과 관련해 형성된 화자의 감흥이 노래되어 있다. 우선
화자는 제 "늙은 몸을 지탱하지 못하고 매달려 있"는
"플라타너스 잎들"에 대해 "가을 잎인가 가을 파편인
가?/하늘 잎인가 하늘 파편인가?" 하고 반문한다. 나아
가 이는 "벌레들이 가을을 집중 사격하여 빈 벌집이 된
가을 잎?/하늘이 찢어지도록 너무 잡아당겨 나풀거리는
하늘 파편?" 등 좀더 구체적인 반문으로 이어진다. 이런
반문 끝에 "가을 잎"은 "가을 파편과/하늘 잎"은 "하늘 파
편과/하나가 되어/그만 땅바닥으로 떨어져 눕는다". 서로
동화가 된 것이다. 당연히 화자도 불어오는 "바람에 가던
길을 잃어버리고 만다." 시인도 "가을 잎 가을 파편"은
물론 "하늘 잎 하늘 파편"과 하나가 되는 것이다.

이은봉

안마사

달은 아득히 멀리 있다 구름 뒤로 숨어
보이지 않는다 그래도 달은
내 몸 환히 알고 있다 긴 손가락 뻗어
뼈마디 하나하나 어루만진다
달은 안마사다 구름이 낮아져
기압이 오르면 저도 힘들어
은근히 내 심장의 박동, 가로막기도 한다
흐르는 피의 속도, 무너뜨리기도 한다
그러면 너무 어지러워
내 마음 갈피를 잃는다는 걸
그녀는 잘 안다 다가올 때보다는 멀어질 때
엉덩이 훨씬 가벼워진다는 것도
떠오를 때보다는 질 때
발걸음 힘차다는 것도 잘 안다
이미 내 몸속으로 흐르고 있는 달
괜한 욕심에 쫓겨
과식을 하기라도 하면
그녀는 잠시 당황해 흐르기를 늦춘다
그러면 더욱 어지러워
아무데나 주저앉아야 한다
달은 아득히 멀리 있다 구름 뒤에 숨어서도
내 몸의 구석구석 사뿐히 즈려 밟는다.

— ≪시와사람≫(2007. 여름호)

사람의 위치에서 볼 때 "달은 아득히 멀리 있
다". 그럼에도 불구하고 달은 사람의 생명에 너
무도 깊이 관여하고 있다. "구름 뒤로 숨어"서도 사람들
의 몸을 환하게 들여다볼 수 있는 것이 달이다. 실제로
도 달은 사람들 "심장의 박동, 가로막기"도 하고 흐르게
하기도 한다. 보일 때나 보이지 않을 때나 사람들의 몸
을 주물러대며 안마사의 역할을 하는 것이 달이라는 것
이다. 월경이라는 말에서도 알 수 있듯이 몸 속 "피의
속도"를 이끌기도 하고 "무너뜨리기"도 하는 것이 달이
다. "몸속으로 흐르고 있는 달"이라는 표현이 가능해지
는 것은 바로 이 때문이다. 따라서 "괜한 욕심에 쫓겨/
과식을 하기라도 하"면 몸 속의 달이 "잠시 당황해 흐르
기를 늦"추는 것은 당연하다. 그렇게 되면 사람들은 너
무도 "어지러워/아무데나 주저앉"을 수밖에 없다. "구
름 뒤에 숨어서도" 사람들 "몸의 구석구석 사뿐히 즈려
밟는" 것이 달이다. 이런 연유로 달은 우주율인 자신의
리듬을 통해 지상의 사람들을 주물러 터뜨리는 안마사
가 될 수 있는 것이다. 이 시는 우주와 사람들이 어떻게
얽혀 있는가를 깨닫게 해준다고 할 수 있다.

이 인 원

기념일
— The longest day

아침부터 일손을 놓게 하더니

저녁답엔 목을 놓게 만들고

결국은 또 너를 놓을 수 없게 만드는

오늘, 하루

— ≪현대시학≫(2007. 5)

기념일은 기념일을 낳는다. 기념일과 아무렇지도 않은 일상의 날들은 별반 다름이 없으나, 기념일이라고 생각하는 그 즉시 일손도 놓게 하고 하루 종일 하루를 놓을 수 없는 부자유를 만들고 만다. 기념일은 모두 인간이 만든 변형된 날들이며, 일상의 확장 파일에 해당한다. 일상을 기념일로 대체함으로써 훼손되는 것은 다름 아닌 자신이다. 시인은 일상에 갖가지 의미를 새겨 넣음으로 또한 그 지배를 받고 있다. 시인은 결국 자기가 만든 기념일에 침입 당한다. 인간과 반인간적인 것과의 싸움이다.

이재무

가난에 대하여

선과 악의 기준이 사라진,
오직 미추만이 가치를 결정하는 시대에
성자였던, 생을 긍정하던 가난은
선하지도 힘이 세지도 않다
산개되어 얼굴조차 볼 수 없는 가난은
다만 무력할 뿐이어서 크게 울지도 못한다
가난이 힘이 되던 시절이 있었다
뭉쳐서 무기가 되고 전망이 되던 날이 있었다
떼 지어 살고 있어서 쉽게 눈에 띄던 시절
가난은 단연 주목의 대상이었다
그러나 가난은 저마다 무력한 개인이 되어
모래알로 흩어졌다 지하로 잠적해 버렸다
눈에 뜨지 않은 가난에 대하여
누가 관심과 애정을 보일 것인가
생활의 중증 장애자, 구차한 천덕꾸러기 되어
물매 맞는 가련한 왕따,
가난은 이제 선하지도 힘이 세지도 않다

― ≪시와시학≫(2007. 가을호)

"가난이 힘이 되던 시절이 있었다/뭉쳐서 무기가 되고 전망이 되던 날"도 있었다. 그렇다. 가난은 분명 부끄러운 자산이 아니었다. 그러나 작금의 현실은 불행하게도 가난 따위에 관심을 표명하지 않는다. "저마다 무력한 개인이 되어/모래알로 흩어졌"을 뿐만 아니라 아예 "지하로 잠적해 버렸"기 때문이다. 시인이 가난을 노래하는 것은 현실사회의 세태를 강하게 비판하는 역설적 전언이다. 이는 가난을 통해서 과거 아름다웠던 기억들을 환기시켜주고자 함이다. 콩 한쪽도 나누어 먹던 우리들의 따뜻한 인정을 그리워하는 시인을 여기서 만난다. 가난했지만 나눔으로 서로에게 위안이 되었던 시절은 영영 사라지고, 이제는 서로가 서로의 눈치를 보며 앞만 보고 달려야 하는 작금의 현실이 안타깝게만 느껴진다.

이지담

목탁

새소리, 물소리, 바람소리, 햇살 부서지는 소리 다 들이
키더니,

귀 밝은 소리들 결마다 단단히 쟁이며 박달나무로 자라
더니,

저 자신을 버리기 위해 그는 늪 속에서 한 사오 년 묵
는다.

늪이 감겨들면 소리들을 삼켰다, 뱉어냈다, 되풀이하며

그는 깨지지 않을 소리만 남겨두고 푹푹 찌고 말려 득
음에 이르기까지 제 속을 다 파낸다.

노승은 그렇게 만들어진 목탁을 두드리며 자신을 비워
낸 적이 몇 번이었나 생각하다가 수행에 들어간 것인데,

자신의 소리는 없고 목탁이 던지는 질문만 청량해 노승
의 손이 간간이 떨린다.

— 《시안》(2007. 가을호)

모두 세 문장으로 목탁과 목탁을 치는 노승의 관계를 탐구하고 있는 시이다. 앞의 두 문장에서는 목탁의 시각으로 목탁에 대해 서술하고 있고, 뒤의 한 문장에서는 목탁과 관련해 노승의 현존을 서술하고 있다. 우선 첫 문장에서는 새, 물, 바람, 햇살 부서지는 소리 등을 "다 들이키"고 그 "소리들 결마다 단단히 쟁이며" 자란 "박달나무"가 목탁이 되기 위해 "저 자신을 버리"고 "늪 속에서 한 사오 년 묵는" 과정을 노래한다. 두 번째 문장에서는 "늪이 감겨들면 소리들을 삼켰다, 뱉어냈다, 되풀이하며" 그가 "깨지지 않을 소리만 남겨두고 푹푹 찌고 말려 득음에 이르기까지 제 속을 다 파"내는 과정을 그려낸다. 세 번째 문장에서는 "그렇게 만들어진 목탁을 두드리며 자신을 비워낸 적이 몇 번이었나 생각하다가 수행에 들어간" 노승이 자신이 치는 목탁소리에 사로잡혀 있는 모습을 담아낸다. "목탁이 던지는 질문만 청량해 노승의 손이 간간이 떨린"다는 표현이 그 구체적인 예이다.

이창수

一心

    동네 목욕탕에는 어깨에 一心이라고 새긴 사내가 있다.
열탕에 몸 담그고 두 눈 꼭 감고 있는 이 사내에게서 한
시절의 무용담을 느끼기는 힘들다. 기껏해야 어물전 노
인들을 상대로 자릿값이나 뜯었을 젊은 날의 행보가 엿
보일 뿐이다. 사내의 一心에게 들키지 않을 만큼의 거리
에서 사내의 흰머리를 본다. 지난 날 민주화운동을 했을
리는 만무하고 좁은 어깨로 무리를 이끌었을 리는 더더
욱 가망 없어 보이는 사내의 一心이 보일 듯 말 듯 열탕
에 잠겨 있다. 사내가 천천히 몸을 일으킨다. 사내의 어
디에도 잠룡의 기개는 보이질 않는다. 목욕탕에 희미하
게 떠 있던 一心이 사내를 따라 휑하니 밖으로 나가버린
뒤 열탕에 앉아 오래전 열망이었던 그대를 생각한다. 그
대를 내 몸에 뱀이나 용으로도 새겨 넣지 못했던 용렬함
으로 고백하건데 내게는 一心이 없다. 내게 없는 一心인
오래전 그대를 지금 무슨 면목으로 뒤돌아볼 것인가!

― ≪창작 21≫(2007. 겨울호)

이 시는 크게 두 대목으로 나누어져 있다. 전반부에는 "동네 목욕탕"에서 만난 "어깨에 一心이라고 새긴 사내"에 대한 관찰과 상념이 그려져 있고, 후반부에는 '一心'이라는 말과 관련해 떠올리는 화자의 정서적 반응이 그려져 있다. 따라서 이 시에는 전통적인 시 구성법인 전경후정의 원칙이 적용되어 있다고 할 수 있다. 전반부에 따르면 "어깨에 一心이라고" 새겨져 있기는 하지만 이 사내는 "기껏해야 어물전 노인들을 상대로 자릿값이나 뜯었을 젊은 날의 행보가 엿보일 뿐이다". 이런 연유로 화자는 "지난 날 민주화운동을 했을 리는 만무하고" "무리를 이끌었을 리"도 만무한 이 사내에 대해 깊은 연민을 보여준다. 후반부에서 목욕탕 밖으로 "휑하니" "나가버린" 사내와 관련해 화자가 "열탕에 앉아 오래전 열망이었던 그대를" 성찰적으로 떠올리고 있는 것도 이와 무관하지 않아 보인다. "그대를 내 몸에 뱀이나 용으로도 새겨 넣지 못"한 화자가 지금 깊은 자기연민에 빠져 있기 때문이다. 이런 화자, 곧 "一心이 없"는 화자가 "무슨 면목으로" 그대를 "뒤돌아볼" 수 있겠는가.

이화은

반말論

말을 섞는다는 건
혀를 섞는다는 말
말을,
반으로 잘라 서로의 몸에 바꾸어
삽입한다는 말
그래서 몸을 섞고 나면 남과 여는
서로
반말을 한다는데
반만 말해도 된다는데
싸래기 눈이
싸래기밥 먹고 지저귀는 빈 입처럼
시끄러운 겨울날
싸그락싸그락
싸래기 눈이 내 혓바닥을
긁어대는 날에는 나도
누군가와 말을 트고 싶다
혓바닥 반을 낚시 바늘처럼 꼬부려
싸그락 싸그락
벌거벗은 반말 하나 건져 올리고 싶다
심야전기가 노릇노릇
내 정사의 등짝을 구워줄
불타는 대낮의 심야 속에서

— ≪문학들≫(2007. 가을호)

詩 **2008** 나이가 들수록 하기 어려운 일 중 하나가 반말
이다. 나이를 먹을수록 허물없이 마음 터놓고
이야기 나누기가 어렵다는 뜻이다. 이 시에서의 반말
은 말의 반토막을 잘라하는 염치없이 하는 말이 아니
라, 하고자 하는 말의 반토막만 하여도 소통이 되는 의
미의 반말이다. 이 시의 미덕은 시의 품이 거느릴 수
있는 에로티즘과 위트를 가장 효율적으로 구사하면서
소통에 대한 갈증의 최대치를 그려내고 있다는 점이
다. 싸그락싸그락 발가벗은 반말 하나는 불타는 대낮
의 심야에 소경처럼 헤매는 우리에게 비상구와 같이
느껴진다.

임솔내

배꼽

생명을 뽑아낸
깊은 沼
이별을 동의한 물 마른 꼬다리

오래도록 바라보던 눈길의 흔적
하늘을 놓아준 돌항아리처럼
끊어낸 탄력으로
포옥 들어앉은 그곳

귀로를 막은 채
몸속으로 수 십 길 떨어지는 마침표

꽃 진 자리
열매 진 자리
이별을 매듭진
지금은 열어볼 수 없는 생명의 반달문

한때는 산통의 소용돌이가 휘돌던
흑백사진으로나 기억되는
거룩해 울고 허무해 울던 울음의 고갱이
아니 텅 비워낸 몸속의 퉁소소리

천상보다 속계를 사랑해
살점을 탈출시킨 문신
지금은 치유된 딱정이
아, 그 작은 부호

아직도 훠이훠이 외로움을 자아내는
어미 애비의 생명이 주름진
그 곳

— ≪애지≫(2007. 봄호)

이 시의 중심대상은 '배꼽'이다. '배꼽'에 대한 의미부여로 이루어져 있는 것이 이 시이다. 이때의 의미부여는 일종의 은유적 命名이라고 해야 마땅하다. 그에 따르면 배꼽은 우선 "생명을 뽑아낸" "깊은 沼"이고, "이별을 동의한 물 마른 꼬다리"이다. "이별을 동의한" 만큼 배꼽은 또한 "오래도록 바라보던 눈길의 흔적"을 "끊어낸 탄력으로/포옥 들어앉은" 곳이다. 따라서 "몸속으로 수 십 길 떨어지는 마침표"인 배꼽을 시인이 "꽃 진 자리/열매 진 자리/이별을 매듭진/지금은 열어볼 수 없는 생명의 반달문"으로 인식하는 것은 매우 자연스러운 일이다. 그가 보기에 "한때는 산통의 소용돌이가 휘돌던" "울음의 고갱이"가 배꼽인 것이다. 이런 연유로 시인은 그가 배꼽을 "천상보다 속계를 사랑해/살점을 탈출시킨 문신"이라고, "지금은 치유된 딱정이"라고 명명하고 있는 것이리라. 이처럼 배꼽에 대한 다양한 은유적 명명으로 이루어져 있는 것이 이 시이다.

임 윤

샤우트 창법

목청껏 내지르지 못하는 그의 입에선 볼링공이 자란다 빨갛게 익은 공이 목구멍 밀치고 올라온다 16파운드 소리를 뱉어낸다 짜 맞춘 39쪽 판자 위로 굴러간다 울대 박차고 나와 돌돌 말려간다 기름 발린 함정구역은 미끄러지듯 지나간다 건조한 레인으로 치닫는다 왼쪽으로 휘몰아쳐 한 주먹에 핀이 쓰러진다 경쾌한 소리에도 그는 침묵한다 목구멍에선 계속 공을 쏟아낸다

비명을 지르려 군중 속에 몸을 맡겼다 여의도에서 신기루를 본 건 그때였다 비준안 저지를 위해 밤새 농민들이 떼서리로 몰려들었다 볏더미가 불타지만 물대포는 농민의 가슴을 쏜다 그는 고래고래 악쓰고 싶다 탁 터지는 시원한 맛을 느끼고 싶은 것이다 간질거리는 몸짓이 도로에서 아우성쳤다 홀로 피켓 든 무언의 마스크 속에도 뭉쳐진 소리가 들쭉날쭉했다 사막의 폭풍작전이 개시되었다 전경들도 시위대 향해 돌진한다 까칠한 목구멍에서 핀들이 와장창 쓰러진다 거리엔 스트라이크 연속이다

— ≪시평≫(2007. 가을호)

이 시는 자본주의의 맹점을 향해 "비명을 지르려 군중 속에 몸을 맡"긴 사회상을 은유와 pun(언어 우롱)의 효과를 통해 예각화한다. 1연에서 시인은 목젖(소시민)과 볼링공(권력)의 관계를 은유화하면서, 권력이 침묵을 강요할수록 목구멍에서 끊임없이 붉은 볼링공을 쏟아내는 시대의 폭력성에 주목한다. 나아가 2연에는 누구도 쉽게 잡아낼 수 없는 상상력과 시대의 의표를 찌르는 서늘한 비판의 칼날이 번뜩이고 있다. 내심 능청을 떠는 그의 시선은 볼링공과 핀, 침묵을 강요하는 자와 소리치는 자, 스트라이크와 파업을 넘나들면서 우리가 어느 시대의 함정 구역에 서 있는지를 가늠해 보게 한다. 최근 등단한 시인으로, 이와 같은 다양하고 치밀한 상상력의 구조로써 "탁 터지는 시원한 맛을 느끼"게 해주는 시를 만나기란 그다지 쉽지 않다.

장경린

몽유도원도 42

늘대가 복제됐다
두려움에 떠는 푸른 눈
어두운 그늘
누가 어린 늑대에게 무슨 짓을 한 것인가
당신은 걷는다
당신은 직립 보행하도록 복제됐다
진흙을 불에 얹어 사람을 구워내던 그때부터

당신은 꿈을 꾸도록 복제됐다
환자에게 이식할 장기들을 달고 사는 돼지처럼
감자 뿌리에 토마토가 열리는 포마토처럼
당신은 꿈을 꾼다
뻐꾸기가 몰래 낳고 달아난 커다란 알을
제것인 양 품고 낑낑대는
작은 멧새처럼

당신은 아이를 낳고 기르도록 복제됐다
꿈을 죽이고
대신에 안정을 얻는다
나날이 식어간다
당신은 한 마리의 미지근한 진흙 덩어리처럼
나날이 식어 굳어가도록 복제됐다

— ≪시인세계≫(2007. 가을호)

인간은 복제 양 둘리를 '만들어낸' 이후 복제 개와 복제 늑대를 '만들었다'. 인간 복제도 마음만 먹으면 할 수 있는 세상이다. 시 제2연에 나와 있는 대로 돼지의 장기를 인간의 몸에 이식하는 실험이 성공 단계에 이르러 있고, 포마토 개발에도 성공했다. 인간의 무한 욕망이 이제는 생태계를 교란하는 데 그치지 않고 자기 무덤을 파고 있다. 지금과 같은 속도로 유전공학이 발달한다면 우리는 (계획대로) 아이를 낳고 (얌전히) 기르도록 복제될 것이다. 시인은 문명의 가속도에 불만이 많다. 제동을 걸고 싶은데 과연 뜻대로 될까? 시인의 몽유도원도에는 "한 마리의 미지근한 진흙 덩어리"처럼 나날이 식어 굳어가도록 복제된 인간이 그려져 있다. 단테의 『신곡』에 빗대면 천국이 아니라 지옥도이다.

장성혜

단풍놀이

선지해장국이나 먹자
그때 그 집 찾아 헤매지 말고
잊혀가는 골목 한 자락에 앉아
순대도 한 접시 시키는 거야
내장도 골고루 섞어 달라고 하지 뭐
간을 치욕을 소금에 찍어 먹는 거야
너 불꽃 같은 사랑이 있었니
우리 곱게 물든 적 있었니
아픈 곳을 콕콕 찌르는 거야
버림받았던 기억 식었으면
한 번 더 펄펄 끓여달라고 하지 뭐
뚝배기 속 뻘건 기름 걷어내지 말고
이게 너다, 아니 나다 하면서
우거지 위에 둥둥 떠오르게 두는 거야
익은 핏덩어리 툭툭 잘라 먹고
뼈를 푹푹 고아낸 국물
한 방울도 남기지 않고 마시는 거야
이빨을 쑤시고 립스틱 다시 칠하며
너나 나나 다 끝났어 잊지 않고
남은 불씨 똑똑 분질러 버리는 거야
오다가 그 단풍길을 지나더라도
다시는 가슴으로 취하지 않는 거야

— ≪시에≫(2007. 겨울호)

이 시에서 화자는 선지해장국을 먹고 있다. 뿐만 아니라 순대도 시키고, 내장도 골고루 섞어 먹는다. 그리고 "너 불꽃 같은 사랑이 있었"냐고 반문한다. '선지해장국, 순대, 내장, 사랑'은 붉은 색을 띠고 있다. 마치 식문화를 통해 단풍놀이를 즐기는 것처럼 비유한다. 하찮고 보잘것없는 음식물을 통해 생의 기억을 환기시켜주고 있는 것이다. "우리 곱게 물든 적 있"냐고 "아픈 곳을 콕콕 찌르는" 행간에서 단풍놀이의 진수를 맛보게 된다. 물론 이 시에서 음식물은 "뼈를 푹푹 고아낸 국물/한 방울도 남기지 않고 마시는" 식욕을 뜻한다. 그러나 시인이 의도하는 것은 음식물을 통해 생의 리얼리티를 획득하는 데 있다.

장옥관

붉은 꽃

거짓말 할 때 코를 문지르는 사람이 있다. 난생처럼 키스를 하고 난 뒤 딸꾹질하는 여학생도 있다.

비언어적 누설이다.

겹겹 밀봉해도 새어나오는 김치냄새처럼 도무지 잠글 수 없는 걸, 몸이 흘리는 말이다.

누이가 쑤셔 박은 농짝 뒤 어둠, 이사할 때 끌려나온 무명천에 핀 검붉은 꽃,

몽정한 아들 팬티를 쪼그리고 앉아 손빨래하는 어머니의 차가운 손등

개꼬리는 맹렬히 흔들리고 있다.

핏물 노을 밭에서 흔들리는 수크령,

대지가 흘리는 비언어적 누설이다.

— 《현대문학》(2007. 5)

누설이란 물이 새거나 비밀이 밖으로 새어나가는 것을 가리키는 한자어이다. 죄인을 결박하는 노끈을 누설이라고도 하지만 이 뜻으로 쓴 것 같지는 않다. 시인은 '비언어적 누설'의 항목을 수집하였다. 비언어적 누설이란 "몸이 흘리는 말", 즉 말로 표현하기는 쉽지 않지만 언젠가는 밝혀질 신체의 비밀이란 뜻이 아닐까. 예컨대 누이가 농짝 뒤에 쑤셔 박아 놓았던 무명천 생리대, 어머니가 빨고 있는 몽정한 아들의 팬티 같은 것. 대지가 흘리는 비언어적 누설로 시인이 설정한 것은 "핏물 노을 밭에서 흔들리는 수크령"이다. 그 들판에서 무슨 일이 벌어진 것일까? 개꼬리가 맹렬히 흔들리고 있다. 이 시에서 붉은 꽃은 인간 몸의 누설, 즉 생리와 탄생 및 성욕을 상징하고 있다.

전기철

종착역

한 꽃송이가 있습니다.
한 꽃송이는 추운 대합실에서 오들오들 떨고 있습니다.
한 꽃송이만이 오지 않은
다른 꽃송이를 기다리고 있습니다.
한 꽃송이는 기다리는 꽃송이입니다.
모두들 어디론가 떠나버린 대합실에서
한 꽃송이만이 제 몸으로 불을 피우며 기다립니다.
기차가 몇 번 들어왔지만
한 꽃송이는
아직도 기다리고 있습니다.
내내 기다립니다.
이윽고
막차가 들어옵니다.
우산처럼 안내방송이 펼쳐지고
외국어로 칙칙거리던 기차가 잠들 때까지도
한 꽃송이는
밤새 불을 끄지 못하고 있습니다.

—《서시》(2007. 봄호)

늦은 밤 종착역에 가 보라. 막차를 기다리는 빈 대합실에서 국화 화분이나 노랗게 피어있는 전구를 보라. 먼 곳에서 오는 이를 기다리는 한 여자, 혹은 남자가 아니겠는가. 종착역에서 그리운 이를 기다리는 마음이란 막차가 도착한 이후에도 그대로 남아 있을 것이다. 우리는 아직 누군가를 기다리고 있다. 그 기다림은 집 나간 엄마를 기다리는 아이, 사랑하는 이를 기다리는 사람의 몫만은 아니다. 새로운 세상이 오기를 기다리는 사람들의 몫이며 꿈을 꾸는 자들의 몫이다. 우리 시대는 기다리는 시대이기 때문이다. 종착역에는 누군가가 늘 밤새 기다리고 있다.

전 길 자

주목나무

지체 높은 소나무 科

주목나무
뿌리 곁에 빨간 열매 누워 있다
매운 갈바람 회초리에
가지에서 떨어져 누운 열매

비바람 천둥에도
끄떡없더니
후려치는 가을바람에
계절 속으로 순장되는 주목나무의 넋

짐승도 사람도
먹을 수 없는

솔방울도 아니지만
솔잎에 영글던
빨간 열매

나무의 영혼은 살아서도 분리되는가

언제부턴가 오슬오슬 한기가 온몸 덮는다
겨울 마중 호되게 앓는다.

— ≪현대시≫(2007. 12)

운명에 순응하는 순리는 아름답다. 비바람과 천둥에도 꿈쩍하지 않던 주목의 붉은 열매가 가을에 바닥에 떨어져 눕는 까닭 역시 기꺼이 자신의 운명을 받아들이기 때문이다. 시인의 섬세한 감수성은 이러한 모습에서 나무의 영혼을 읽어낸다. 단순히 나무와 열매의 기계적 구별이 아니라 한곳에 뿌리를 묻고 평생을 버텨야하는 주목이, 자신의 삶의 방식 혹은 존재방식으로 제 영혼을 나누는 고독한 방식을 택한 것이다. 이는 시인이 발견한 또 다른 삶의 방식이기도 하다.

정 겸

몸값 측정

수원 농수산물도매시장에 가면
나의 몸값을 어느 정도 알 수가 있다
진입로 사거리에 揭帖 된
교통사고 목격자를 찾습니다. 사례금 2천만 원
시장관리사무소 안내게시판에 부착된 전단지,
미성년자 약취유인 살인용의자 현상금 3천만 원
채무 행불자 알려주시는 분 사례금 5천만 원
줄무늬 셔츠를 입은 남아의 소재를 아시는 분 사례금 1
억 원
愛犬 아프간 하우스 찾아 주시는 분 사례금 5백만 원
키 173㎝ 몸무게 72㎏ 평범한 중년 샐러리맨
모월 모일 이유 없이 가출, 소재 아시는 분 사례금(?)

푸른 수박들이 더미더미로 차곡차곡 쌓여 있다
워~이, 경매사의 쉰 목소리와 신호에 따라 경매인들이
상자조각으로 혹은 모자로 손을 가린 채
수신호로 사인을 보내며 경매사와 가격을 흥정하고 있다
서산단위농협에서 계통 출하된 수박 한 통
워~이 4,000원
워~이 6,000원
시간이 지나가고 날씨가 쨍쨍할수록 낙찰가는 계속 올

라가고 있다

 갑자기 나의 몸값이 궁금해진다.

 슬그머니 수박더미에 쪼그리고 앉아본다

 경매사의 경매는 계속되고

 날씨가 흐려지더니 비가 오기 시작한다.

 워~이 6,000원

 워~이 5,000원

 워~이 4,000원

 시간이 흐를수록 수박은 시들어가고

 비가 올수록 낙찰가는 계속 내려가고 있다.

— ≪시와정신≫(2007. 가을호)

서부극 영화를 보면 현상금을 노리고 지명수배
자를 찾아다니는 킬러가 나온다. 잡기 어려운
범인일수록 비싼 몸값이 붙게 마련이다. 시인은 수원
농수산물도매시장의 시장관리사무소 안내게시판에서
사람을 잡아주거나 찾아주면 사례금을 준다는 전단지
를 본다. 사람에게 몸값이 붙어 있는 것이다. 교통사고
목격자 사례금 2천만 원은 좀 과한 것 같지만 미성년자
약취유인 살인용의자 현상금 3천만 원, 채무 행불자 알
려주시는 분 5천만 원은 그럴 수도 있겠다. 사람에게 몸
값이 붙어 있다는 것은 사실 얼마나 비정한 일인가. 수
박은 날씨가 쨍쨍할수록 값이 올라가고 비가 올수록 낙
찰가가 내려간다. 사람의 몸값과 수박의 가격이 재미있
게 대비되는데, 이 시에서 가장 재미있는 부분은 제2연
의 마지막 두 행이다.

정 경 란

열쇠

아이가 자꾸 열쇠를 잃어버린다.
등짝을 때리고 새 열쇠를 만들어 건네준다.
뭔가 이야기를 하려던 아이가
성난 얼굴을 하더니
훌쩍이며 그냥 밖으로 나간다.
직장에 출근해 일을 하고 있는데
하루 종일
아이가 마음속에 들어앉아 운다.
열쇠는 다시 복사하면 되는데……
미안하다는 생각에 자꾸 집으로 전화하지만
집은 텅 비어 있다.
아이에게 건네준 것은
열쇠만이 아니다. 퇴근해
캄캄한 집의 문을 여는 순간
왈칵, 서러움이 쏟아진다.
아이는 어쩌면 서러움에 대해
말하고 싶었는지도 모른다.
한동안 잊고 지낸 것이다.
빈 집에 들어와 가장 먼저 불을 켜는 사람이
바로 아이라는 것을.
엄마도 아빠도 아이가 켠 불빛 보고
집에 들어선다는 것을.

— ≪시를사랑하는사람들≫(2007. 3 · 4)

엄마의 입장에서 아이에 대한 사랑과 연민을 담아내고 있는 시이다. 이때의 엄마는 "직장에 출근해 일을 하"고 있어 아이에 대한 사랑과 연민이 남다르다. 이는 "아이가 자꾸 열쇠를 잃어버린다"고 하는 첫 행에서부터 울컥 다가온다. 부모 모두 출근을 하고 학교에서 돌아온 아이는 저 혼자 열쇠로 문을 열고 집으로 들어갈 수밖에 없다. 아무도 없는 텅 빈 집으로 들어가며 아이가 느끼는 서러움은 경험해보지 않은 사람은 알기 어렵다. "자꾸 열쇠를 잃어버"리는 것도 이런 감정과 무관하지 않다. 어찌 엄마가 아이의 이런 감정을 모르랴. "훌쩍이며 그냥 밖으로 나간" 아이가 직장에서 "일을 하고 있는" 엄마의 "마음속에 들어앉아" 울고 있는 것이 이를 잘 말해준다. 물론 아이가 느끼는 감정을 엄마가 실감하는 것은 "퇴근해/캄캄한 집의 문을 여는 순간/왈칵" 쏟아지는 "서러움"과 함께 하면서부터이다. "빈 집에 들어와 가장 먼저 불을 켜는 사람이/바로 아이라는 것을" 엄마가 "한동안 잊고 지"냈다는 성찰이 돋보이는 것도 이런 이유에서이다.

정병근

부음

칼날이 지나가자,
부르르 떠는 오징어
발들이
플라스틱 도마에
쩍쩍 달라붙는다

칼자국을 따라
살이 확 까뒤집힌다

국수처럼
쓱쓱 썰리는 몸
생각이
희박해진다

점점
멀어지는
트럭 엔진 소리

저 아래,
떠나온 곳에
불빛이 환하다

내가
죽었다

― ≪열린시학≫(2007. 가을호)

시인은 오징어가 되어보기로 했다. 생명체로 태어났으니 제 수명대로 살고 싶었겠지만 인간이란 동물은 오징어를 좋아한다. 칼이란 쇠붙이를 들고 오징어의 몸을 자른다. 겁이 나 부르르 떨던 오징어, 플라스틱 도마에 쩍쩍 달라붙어보지만 이내 칼은 살을 확 까뒤집는다. 국수처럼 몸이 쓱쓱 썰리자 생각이 희박해진다(공기가 희박해지듯이). 트럭 엔진 소리가 점점 멀어지는데 저 아래, 내가 떠나온 곳의 불빛은 여전히 환하다. 어시장의 흥성함 속에서 오징어 한 마리가 도륙이 되어 사람의 위장 속으로 들어간 것이다. 시인은 마지막 연에 가서 한마디 한다. "내가/ 죽었다"고. 시인 자신도, 아니 우리 모두 오징어 신세가 될 날이 올 것이다. 트럭 엔진 소리는 멀어지는데 영안실의 불빛은 휘황찬란하다. 문상객이 좀 많이 왔나? 어, 저 자식 웃고 있네. 내가 죽은 게 그렇게 기뻐?

정영선

얼마나 오래 서 있어야 하는가

양수리로 가는 강변
심심한 청춘이듯 돌 하나
물의 신을 신고
물의 기차에서 잠시 하차한 듯 물속에 있다
물결의 흰 이빨이 잘근잘근 깨물듯이 그 돌을 맴돈다
갈 길이 먼 듯 이마는 수십 년 먼데로 들려 있고
물이끼에 발은 붙들려 있다
산이 쪼개질 때 늑골의 파편이라서
돌은 돌끼리 모이는 거라고
돌을 불러들이는 물살은 가고
푸른 산그늘이 거대한 우산 같은 물그림자를
만 번 펼쳤다 접으면
다시 물의 기차에 올라타고
어딘가 닿을 기대에
저 돌 반쯤 잠기며 가라앉으며 버티고 있는 거다
물은 언제 황토 옷을 벗어 던졌는가
맑은 물살은 햇빛을 키질하듯 까불어댄다
돌 이마 위로
물새가 풍경을 끌고 온다
매만지던 깃털 하나는 돌에 남겨두고
물새는 남은 비행을 마치려 날 때

돌은 얼마나 오래 온몸으로 져야 하는가
하늘 깊이까지 펼쳐진 허공의 무게를
강이 이름을 바꾸며 지나가는
강바닥에 벗어지지 않는 물의 신발을 신고서

　　　　　　　— ≪열린시학≫(2007. 겨울호)

강물에 반쯤 잠긴 돌에서 우주를 살피는 시인의 시선이 예사롭지 않다. 물의 신발과 물의 기차에 가닿는 시인의 상상력이 시를 풍성하고 깊게 해준다. 돌이 온몸으로 지고 있는 허공의 무게를 실감으로 만든 시인은 반쯤 잠기며 가라앉으며 버티는 돌을 통해 존재론적 접근을 시도하고 있다. 수십 년의 세월을 하나의 기대로 이겨내고 있는 돌의 운명에서 삶이 지닌 고독과 허무의 깊이를 읽어낸다. 모든 시인들이 자연에서 인간을 읽어내듯 반쯤 잠긴 돌의 운명과 인간의 운명이 그리 멀어 보이지 않는다.

정우영

초경

아직 봄이라 하기에는 조금 이른 저녁나절이었다.

허접한 눈으로 헌 신문 뒤적거리고 있는데,

여든 넘은 어머님이 불쑥 물으신다.

자네는 봄이 뭐라고 생각하나?

봄이요? 해놓고 답변이 궁색하다.

아지랑이야.

눈부터 뽀얀 아지랑이 속에 빠져들며 어머님 스스로 대꾸했다.

내가 양지뜸에서 나물 뜯고 있던 열세 살 때야. 초록 아지랑이가 다가와 속삭이더니 나를 살짝 휘감아선 날아가는 거야. 난 어쩔 줄 몰라 아지랑이 꽉 붙잡고 있었지. 아지랑이는 한참을 날아 산등성이에 나를 내려놓았어. 그러고는 메마른 나뭇가지에 초록 저고리를 슬근 벗어 걸어두는 것인데, 요상도 해라. 그 메마른 나뭇가지에서 초록 싹이 돋는 거야. 깜짝 놀란 난 하초를 지렸는데 초록 물이 배어나왔어. 초경이야. 그 후로는 이상하게 봄보다 먼저 아지랑이가 찾아와. 그러면 난 어김없이 초경을 앓지.

아지랑이와 어우러진 어머님 목소리 나른하게 멀어지더니

내 허접한 눈에 초록물 배어든다.

— 《시와사상》(2007. 여름호)

詩 초경의 체험은 여성에게 육체적인 면에서만이
아니라 정신적인 면에서도 큰 충격을 준다. 육
체와 정신 양면에서 커다란 성숙을 하도록 하는 것이 초
경의 체험이다. 특히 이 시는 어머니의 초경을 다루고
있어 생광스러운 느낌을 준다. 소재 자체가 이미 새로
움을 준다는 것이다. 어머니에게 초경의 체험은 봄으
로, 봄의 아지랑이로 기억된다. 이 시는 그런 기억이 촉
발되는 상황과 언어가 독특해 더욱 주목이 된다. 여든
이 넘은 어머니는 불쑥 아들에게 "자네는 봄이 뭐라고
생각하나?"라고 묻고 아들의 "답변이 궁색"해지자 "아
지랑이야"라고 자답한다. 이어지는 말에서 어머니는 아
지랑이가 피는 열세 살 봄에 나물을 뜯으며 체험한 초경
에 대해 피력한다. 어머니의 초경 체험은 매우 신비적
인데, 그것이 생명의 이미지인 초록 아지랑이로 드러나
고 있기 때문이다. "이상하게 봄보다 먼저 아지랑이가
찾아"오던 초경의 체험을 통해 순환하는 생명의 신비를
강조하려는 것이 이 시라고 할 수 있다.

정익진

돼지의 숲

한 번은 군대 취사장 뒷마당에서요
돼지 한 마리 말뚝에 묶어 놓고
함마로 그놈의 머리를 내려치는 데요
죄송합니다만,
한 방으로 골로 가질 않아요
두 번, 세 번, 돼지 머리에
내려 박히는 둔탁한 소리, 퍽퍽,
이런, 지독한 고음이군요
위이이! 돼지는 왜 위, 위, 라고 소릴 지르죠
'우리'가 어쨌다는 겁니까, 이봐

이봐요, 당신 코나 내 코도 반쯤 잘리고 나면
영락없는 돼지코이죠
돼지코의 절반 잘려 나가기 이전
원래 돼지코는 어땠을까요
돼지우리 짬밥 속에 코를 처박고, 꿀꿀꿀
땅 속 뿌리까지 파헤쳐 버리죠
왜요, 기분이 꿀꿀하신가요
유리창에 코를 눌러 돼지코 놀이도
해보았겠지요

날아가는 돼지 불알을 봤나
웃긴 왜 웃어
꿀꿀, 그녀에게 안겨 젖을 빨고 싶어
배고프단 말이야. 이봐요,
안 돼, 아이쿠!
너무 킁킁대지 말라니깐

— ≪현대시≫(2007. 7)

영어로 We는 '우리'로 번역된다. 군대 취사장 뒷마당에서 임종의 순간을 맞이한 돼지가 내지른 단말마의 비명을 시인은 생생히 기억하고 있는데, 그 소리는 "위이이!"였다. 생명체의 마지막 순간을 유머러스하게 그려 돼지에게 미안한 노릇이긴 하지만 시인은 돼지의 입장이 되어 인간을 풍자한다. 인간은 돼지와 조금도 다를 바 없다. "돼지우리 짬밥 속에 코를 처박고, 꿀꿀꿀/땅 속 뿌리까지 파헤쳐 버리죠/왜요, 기분이 꿀꿀하신가요" 하며 오히려 인간을 동정한다. 돼지가 인간의 먹이가 된다고 하여 하등동물로 볼 수 없음은 제3연을 보면 더욱 확실히 알 수 있다. 어미젖을 빨아먹고 사는 돼지 새끼처럼 인간도 "그녀에게 안겨 젖을 빨고 싶어"한다. 돼지 새끼처럼 코를 킁킁대면서. 아니, 돼지보다 더욱 탐욕스럽게.

정진규

삽

삽이란 발음이, 소리가 요즈음 들어 겁나게 좋다 삽, 땅
을 여는 연장인데 왜 이토록 입술 얌전하게 다물어 소리
를 거두어들이는 것일까 속내가 있다 삽, 거칠지가 않구
나 좋구나 아주 잘 드는 소리, 그러면서도 한군데로 모아
지는 소리, 한 子正에 네 속으로 그렇게 지나가는 소리가
난다 이 삽 한 자루로 너를 파고자 했다 내 무덤 하나 짓
고자 했다 했으나 왜 아직도 여기인가 갑, 젖은 먼지내
나는 내 곳간, 구석에 기대 서 있는 작달만한 삽 자 한 자
루, 닦기는 내가 늘 빛나게 닦아서 녹슬지 않았다 오달지
게 한번 써볼 작정이다 삽, 오늘도 나를 殮하며 마른 볏
짚으로 한나절 너를 문질렀다

— 『껍질』, 세계사, 2007

서정은 인간의 순연한 마음이며 또한 인간이 꿈꾸는 것이 얼마나 깊고 많은 시간을 향유하게 하는가를 생각하게 한다. 이 시는 시집 『껍질』을 펼치면 맨 처음 읽게 되는 시이다. 시인은 곳간 구석에 기대서 있는 작달만한 삽 한 자루를 보면서도 꿈을 꾼다. 삽은 땅을 여는 연장이지만 시인은 시로 마음을 연다. 푹푹 파지는 잘 드는 삽 소리가 겁나게 좋지만 언제 어떻게 그 날이 무디어 둔한 소리를 낼지는 시인도 모르는 일이다. 그러나 시인은 오달지게 써볼 작정을 하며 마른 볏짚으로 한나절 삽을 문지른다. 빛나도록 문지른다. 시인이 잘 드는 삽처럼 기분 좋은 삽 소리를 내며 써지는 시가 있다면 정말 행복할 일이다. 시인은 잠들면서도 삽 소리를 듣듯이 정신세계로 시가 가고 있음을 느낀다. 시는 어느 사물로도 다시 살아나는 샘물이며 갈증이다. 삽에 대한 몰두는 즉 시에 대한 몰두이며 탐구이고 내면과 바깥을 넘나들고 있는 시의 영토를 드러낸다.

정현옥

골목길

공처럼 몸을 만 사내 앞에서
골목길이 깨진 유리창을 올려다본다.
사내가 뱉은 담배 연기가
골목을 하얗게 깔고 앉아
출렁출렁 발소리를 덮는다

굵었던 양파밭 가에서
참깨 꽃같이 하얗게 웃던 날들
어둔 길을 접고
골목 끝에 서서
아슬아슬한 돌다리로 흔들리고 있다

등 굽은 골목이
사내를 데리고 길을 나선다
허물어진 집들 건너
고층아파트 꼭대기
기운 달빛을 밟고
사내가 개울이 되어 골목길 간다

— ≪다층≫(2007. 여름호)

"공처럼 몸을 만 사내 앞에서" 골목길은 대상들을 끌고 다닌다. 1연에서는 "골목길이 깨진 유리창을 올려다본다." 2연에서는 "아슬아슬한 돌다리로 흔들리고 있다." 3연에서는 "등 굽은 골목이/사내를 데리고 길을 나선다." 여기서 사내는 시인을 표상하는 또 다른 사람으로 모순된 사회에 대한 인식을 드러내주는 객관적 존재이다. 그리고 '골목길'은 비정한 현실사회의 아픔을 치유해주는 실체다. 따라서 이들의 관계는 합일을 지향하며 종국에는 "사내가 개울이 되어 골목길 간다." 시인의 따뜻한 마음을 읽을 수 있는 시다.

정혜옥

출항

신새벽, 안개더미가 뱃길을 연다
파도에 밀리는 배를 탄 채
단잠 들쳐 메고 있는 아파트 창문들
떠오르는 섬들 되어 불 밝힌다
들돌 같은 일상의 추, 선잠 깬 복병들도
눈을 치켜뜨고
심해에 뿌리내린 암초들도
서서히 고개 일으켜 세운다
안에서 또아리를 틀다가
발효되어버린 고통들도
잠을 설쳤으리, 뱃멀미로 울컥이던 밤
노 저어 지난다 누룩 냄새 피워 올리며
길 나선다 애써 물살 밀어내는
노의 정수리 가득 햇무리 쏟아져 내리면
헐렁한 초침 조이고 다잡아
바닥에 끌리는 치마폭 동여맨다
물길 깊은 안개더미 속
지도에 없는 뱃길 만들며
일상의 창문 밀치고 첨벙첨벙 발 내딛는다
맨몸의 마른 가지 위로
깊은 겨울, 무리지어 깃을 친다
저 허공의 노들!

— 《불교문예》(2007. 겨울호)

이 시는 도시적 일상인의 새벽 출근을 출항으로 비유하고 있다. 따라서 '출항'은 이 시의 근본비유가 된다. 우선 이는 "신새벽, 안개더미가 뱃길을 연다"라는 표현을 낳는다. 미래가 불투명한 봉급생활자의 새벽 출근길을 이렇게 비유하고 있는 것이다. 그런 다음 시인은 아직 잠이 깨지 않아 몽롱한 심리상태를 "파도에 밀리는 배를" 타고 있는 것에 비유한다. "단잠 들쳐 메고 있는 아파트 창문들"이라는 표현이 가능한 것도 이때문이다. "떠오르는 섬들"처럼 아파트 창문에 불이 켜지면 도시의 일상인은 "눈을 치켜뜨고" "서서히 고개 일으켜 세"울 수밖에 없다. 이런 새벽이면 "안에서 또아리를 틀다가/발효되어버린 고통들도/잠을 설"치기 마련이다. 따라서 "정수리 가득 햇무리 쏟아져 내리면" 그는 자신을 "다잡아/바닥에 끌리는 치마폭 동여"매야 한다. "안개더미 속/지도에 없는 뱃길 만들며/일상의 창문 밀치고 첨벙첨벙 발 내딛"어야 하기 때문이다. "맨몸의 마른 가지 위로/깊은 겨울, 무리지어 깃을" 치는 것이 우리 모두의 현실이 아닌가.

정희성

시인 本色

　누가 듣기 좋은 말을 한답시고 저런 학 같은 시인하고
살면 사는 게 다 시가 아니겠냐고 한다 이 말 듣고 속이
불편해진 마누라가 그 자리에서 내색은 못하고 집에 돌
아와 혼자 구시렁거리는데 학 좋아하네 지가 살아봤냐
고 학은 무슨 학 닭이다 닭 닭 중에도 烏骨鷄!

— ≪창작과비평≫(2007. 겨울호)

이 시의 제목은 '시인 本色'이다. 국어사전에 따르면 '本色'은 '본디의 빛깔이나 생김새'를 뜻한다. 따라서 '시인 本色'은 '시인이 지니고 있는 본디의 빛깔이나 생김새'를 가리킨다. 이런 논의는 이 시에 진술되어 있는 내용이 곧 '시인 本色'이라는 것이 된다. 그에 따르면 사람들이 화자의 마누라에게 "듣기 좋은 말을 한답시고 저런 학 같은 시인하고 살면 사는 게 다 시가 아니겠냐고 한다". 마누라는 "그 자리에서 내색은 못하고 집에 돌아와" "학 좋아하네 지가 살아봤냐고 학은 무슨 학 닭이다 닭 닭 중에도 烏骨鷄!"라고 하며 "혼자 구시렁거"린다. 그렇다면 정작 시인의 본색은 무엇인가. 학인가, 닭인가. "닭 중에도 烏骨鷄"인가. 정직한 화자는 문제만 제기할 뿐 판단을 보류한다.

조동범

싱싱한 내력

가지런하게 담긴 싱싱한 죽음이
테이블 위에 놓여 있다
얇게 저민 속살을 관통해 생선의 내력이 보인다
싱싱한 죽음은 이미 썩고 있는 중이리라
죽어서도 감지 못한,
아직도 투명한 생선의 눈동자는
조각난 몸통의 내력을 들추고 있다
몸 속 깊이 저렇게 눈부신 속살을 감추고 있었던가
생선의 눈동자는 놀라
그만 말이 없다
접시에 싱싱하게 담겨
마지막 숨을 몰아쉬고 있다
뻥 뚫린, 더 이상 들이킬 바다가 없는
생선의 주둥이가 애처롭다
아가미를 여닫는 생선의 바다가
심해의 거센 물살을 길어올린다
눈부시게 흰, 바다의 내력을
날것 가득 펼쳐보인다

— ≪불교문예≫(2007. 봄호)

2008 詩 생선의 선도는 회를 즐기는 우리네 음식문화에서 아주 중요한 것이다. 횟집에 가면 생선의 머리도 함께 나오는 경우가 있다. "죽어서도 감지 못한,/ 아직도 투명한 생선의 눈동자"를 나도 기억하고 있다. 시인은 싱싱함의 내력을 살펴보는 사람이다. 접시에 싱싱하게 담겨 마지막 숨을 몰아쉬는 모습을 보고 인간은 '와 싱싱하네' 하며 군침을 삼키겠지만 생선은 자신의 전존재를 먹잇감으로 바치고(?) 있다. 시의 마지막 네 행은 싱싱함의 원천이다. 심해의 거센 물살과 눈부시게 흰, 바다의 내력을 생선은 너무나 잘 알고 있건만 무슨 소용이 있는가. 인간의 입에 들어가기 직전인데.

조오현

아지랑이

나아갈 길이 없다 물러설 길도 없다
둘러봐야 사방은 낭떠러지
우습다
내 평생 헤매어 찾아온 곳이 절벽이라니

끝내 삶도 죽음도 내던져야 할 이 절벽에
마냥 어지러이 떠다니는 아지랑이들
우습다
내 평생 붙잡고 살아온 것이 아지랑이더란 말이냐

— 《시와시학》(2007. 여름호)

섬세하고 정갈한 성찰적 자세가 돋보이는 시이
다. 이 시에서 화자는 우선 자신이 처해 있는 심
리적인 상황부터 되돌아본다. "나아갈 길이 없다 물러
설 길도 없다/둘러봐야 사방은 낭떠러지"라는 진술이
바로 그것이다. 낭떠러지에 처해 있다는 심리적인 인식
은 당연히 허탈한 웃음을 불러일으킨다. 3연의 "우습
다"가 바로 이런 심리적 상황에서 발생한 진술이다. 사
방이 낭떠러지라는 인식은 4연에 이르러 "평생 헤매어
찾아온 곳이 절벽이라"는 인식으로 변주된다. 하지만
낭떠러지라는 인식에서 절벽이라는 인식에로의 전환은
화자의 위치가 바뀐 것일 따름이다. 갈 길이 끊겼다는
점에서는 낭떠러지나 절벽이 동일한 인식을 담아내고
있기 때문이다. 따라서 정작 중요한 것은 "삶도 죽음도
내던져야 할 이 절벽에" "아지랑이들"이 "어지러이 떠
다"니고 있다는 발견이다. 물론 이때의 아지랑이는 空
과 虛를 상징한다. 갈 길이 끊긴 낭떠러지나 절벽에서
화자가 空과 虛를 깨닫는 것은 매우 자연스러운 일이
다. 따라서 이 시는 성찰의 시이면서 깨달음의 시라고
할 수 있다.

조 창 환

마네킹

마드모아젤 양장점 앞을 십 년 넘게 지나다녔어도
쇼윈도우 안의 마네킹 셋이 서로 흘끗거리는 건
오늘 아침 출근길에 처음 보았다

툴르즈 로트렉의 '물랭루즈'에 나오는
빨간 스타킹의 비뚤어진 무희 같은
키 큰 마네킹이 돌아 서 있고

'7년만의 외출'의 마릴린 먼로 같은
젖가슴 늘어지고, 음탕하고
맨 종아리 허벅지까지 드러낸, 백치 같은
거품 많은 마네킹이 마주 서 있다

은사시나무, 여름 달빛에 흔들리는
잎맥 가늘고 여린
바비 인형 같은 마네킹은 고개를 숙이고

안 보는 척하면서 눈길을 주고 있다
입술 삐죽 내밀며 아랫도리 오므리는
저것들이 구미호 다 된 줄을
오늘 처음 알았다

퇴근길엔
학교 운동장에 세워둔 내 늙은 자동차도
너무 오래 쓸쓸한 어둠 속에 떨었노라고
암내 맡은 나귀처럼 툴툴거렸다

— ≪시인세계≫(2007. 봄호)

詩 마네킹은 이 시대에 서 있는 텅 빈 인간이다. 마
네킹을 바라보는 시인은 마네킹이야말로 자신
의 존재를 완전히 지우고 은거할 수 있는 순간적이고 유
일한 대상으로 느낀다. 십년 넘게 지나다녀도 여전히
흘끗거리다 처음으로 자세히 여기저기를 보게 되는 마
네킹이 각별한 의미로 다가온다. 인간의 온갖 위선과
허영심, 음탕함을 빼닮은 마네킹을 통해 자신의 내면의
과잉을 다스린다. 마지막 연에서 세워둔 늙은 자동차가
어둠 속에서 떨었음을 툴툴거릴 때 불안전했던 자아의
시각에서 나와 견고하게 자기를 위해 서 있는 자동차에
게로 간다.

천양희

구름에 깃들어

누가 내 발에 구름을 달아 놓았다
그 위를 두 발이 떠다닌다
발 어딘가, 구름에 걸려 넘어진다
生이 뜬구름같이 피어오른다 붕붕거린다
이건 터무니없는 낭설이다
나는 놀라서 머뭇거린다
하늘에서 하는 일을 나는 많이 놓쳤다
놓치다니! 이젠 구름 잡는 일이 시들해졌다
이 구름, 지나가면 다시는 돌아오지 않으리라
구름기둥에 기대 다짐하는 나여
이게 오늘 나의 맹세이니
구름은 얼마나 많은 비를
버려서 가벼운가
나는 또 얼마나 많은 나를
감추고 있어서 무거운가
구름에 깃들어
허공 한 채 업고 다닌 것이
한 세기가 되었다

— ≪시와시학≫(2007. 봄호)

시인은 시적으로 살고자 한다. 시적으로 산다는 의미는 "하늘에서 하는 일"처럼 무욕의 삶을 통해 가벼움을 얻고자 하는 것이다. 마치 구름이 비를 버려서 몸이 가벼워지는 것처럼 말이다. 하지만 시인을 시적으로 살지 못하게 하는 많은 것들이 우리를 슬프게 만든다. 생이 뜬구름 같이 피어오르다 낭떠러지로 굴러 떨어질 때, 이는 일차적으로 자본을 따라 잡지 못하는 시인의 천성에서 비롯됨을 알 수 있다. 그러나 시인은 시적으로 살기를 저버리지 않는다. 그래서 "구름에 깃들어" 허공을 업고 다닌다. 허공을 얻기 위해 한 세기를 그렇게 산다. 지상의 아름다운 시가 이루어지길 바라며 구름에 깃들어 사는 것이다.

최광임

개 같은 사랑

대로를 가로지르던 수캐 덤프트럭 밑에 섰다
휘청 앞발 꺾였다 일어서서 맞은편 내 자동차 쪽
앞서 건넌 암캐를 향하고 있다, 급정거하며
경적 울리다 유리창 밖 개의 눈과 마주쳤다
그런 눈빛의 사내라면 나를 통째로 걸어도 좋으리라
거리의 차들 줄줄 밀리며 큼큼거리는데
죄라고는 사랑한 일 밖에 없는 눈빛, 필사적이다
폭우의 들녘 묵묵히 견뎌 선 야생화거나
급물살 위 둥둥 떠내려가는 꽃잎 같은, 지금 네게
무서운 건 사랑인지 세상인지 생각할 겨를도 없이
그간의 생을 더듬어 보아도 보지 못한 것 같은 눈
단 한 번 어렴풋이 닮은 눈빛 하나 있었는데
그만 나쁜 여자가 되기로 했다

그 밤, 젖무덤 출렁출렁한 암캐의 젖을 물리며
개 같은 사내의 여자를 오래도록 꿈꾸었다

— ≪미네르바≫(2007. 여름호)

시공간을 떠나 우리는 진실한 사랑에 목말라
한다. 그러한 사랑이 대개 실패로 끝나는 것은
이타적이지 못하며 부족한 용기 때문이다. 우리는 사랑
의 과정을 교환가치나 보상가치로 보는 탓에 섣불리 상
대에게 온전한 자신을 보이지 않는 경우가 허다하다.
그리고는 사회적 규범과 체면 때문이라고 곤궁한 합리
화로, 변명으로 일관한다. 인간이 아름다운 이유는 자
유의지를 가졌음에도 불구하고 이러한 사회 규범을 준
수하며 살아가는 것이라고 할 수 있다. 그런데, 그 아름
다운 이유가 인간을 인간답지 못하게 만들었노라고 한
다면 지나친 억측일까. 오히려 가장 상스런 욕이 되는
'개 같은 무엇'이 한없이 그리워지는 현 세태가 서글프
다고 한다면 사회체제를 전복시키고자하는 범법자가
되는 것일까. 이 시의 "개 같은"이 '개만도 못한'으로
'아름다운 이유'가 '인간답지 못하게'로 인식되는 이유
를 생각해 본다.

최금녀

잔디밭에서 잡초의 말 듣는다

제초제를 뿌리고 며칠 후

마당에서

너, 그렇게 독한 살생제 뿌리고 마음 편하니?

저 어린 것들의 아토피 알고 있니?

피고름 본 적 있니?

눈 부릅뜨고

나를 쏘아보고 있는

저

잡초.

— 《현대시학》(2007. 9)

인간은 본래 주관적인 존재이다. 주관적인 존재라는 말에는 개인적인 존재는 물론 이기적인 존재라는 뜻도 포함되어 있다. 평범한 개인은 대부분 이기적인 눈을 버리지 못한다. 타인의 눈은 말할 것도 없고 자신의 눈조차 옳게 갖기 힘든 것이 보통의 인간이다. 그러나 이 시의 시인은 타인의 눈은 물론 잡초의 눈까지 갖고 있어 주목이 된다. "그렇게 독한 살생제 뿌리고 마음 편하니?"와 같은 잡초의 말을 듣고 있는 것이 이 시의 시인이라는 것을 알 필요가 있다. 잡초의 목소리로 말하고 있지만 실제 목소리의 주체는 시인 자신이라는 것이다. 이를테면 "저 어린 것들의 아토피 알고 있니?"라고 말하고 있는 정작의 주체는 잡초가 아니라 시인이라는 뜻이다. 시인은 이 시에서 "눈 부릅뜨고//나를 쏘아보고 있는" 잡초의 시각을 부각시킴으로써 인간 밖의 시각, 곧 자연의 시각을 강조하고 있는 셈이다.

최두석

투구꽃

사노라면 겪게 되는 일로
애증이 엇갈릴 때
그리하여 문득 슬퍼질 때
한바탕 사랑싸움이라도 벌일 듯한
투구꽃의 도발적인 자태를 떠올린다.

사노라면 약이 되면서 동시에
독이 되는 일 얼마나 많은가 궁리하며
머리가 아파올 때
입술이 얼얼하고 혀가 화끈거리는
투구꽃 뿌리를 씹기도 한다.

조금씩 먹으면 보약이지만
많이 넣어 끓이면 사약이 되는
예전에 임금이 신하를 죽일 때 썼다는
투구꽃 뿌리를 잘게 잘라 씹으며
세상에 어떤 사랑이 독이 되는지 생각한다.

진보라의 진수라 할
아찔하게 아리따운 꽃빛을 내기 위해
뿌리는 독을 품는 것이라 짐작하며

목구멍에 계속 침을 삼키고
뜨거워지는 배를 움켜쥐기도 한다.

— ≪불교문예≫(2007. 봄호)

'투구꽃'이라는 하나의 존재가 지니는 두 가지 의미를 따져보고 있는 시이다. 물론 여기서 말하는 두 가지 의미는 변화하는 삶에 따라 현현되는 하나의 존재가 갖고 있는 각각의 모습을 가리킨다. 본질은 하나이지만 현상이 달라지는 것은 구체적인 용처에 따라 의미가 달라지기 때문이다. 용처에 따라 "약이 되면서 동시에/독이 되는" 것이 '투구꽃'이라는 것이다. 이는 시인이 그것을 가리켜 "조금씩 먹으면 보약이지만/ 많이 넣어 끓이면 사약이" 된다고 진술하고 있는 것을 보더라도 잘 알 수 있다. 시인이 짐작하기에는 "아찔하게 아리따운 꽃빛을 내기 위해" '투구꽃'의 "뿌리는 독을 품는 것"이다. 이처럼 이 시에는 오늘과 내일의 삶에 대한 근원적인 탐구와, 그에 따른 섬세하고 복잡한 정서가 담겨 있다. 모든 존재가 지니고 있는 양가적 가치를 탐구하고 있는 이 시는 선불교에서 강조하는 不二의 세계관이 기초가 되고 있다. 양자택일적 세계관은 언제나 갈등과 대립, 그리고 그에 따른 고통과 절망을 불러일으키기 마련이다.

최문자

회전증

비행기는 왜 바다에 추락하나
그 넓은 땅들을 놔두고······

죽은 조종사들에게 묻고 싶었다

어떤 속도에도 핏줄을 터뜨리지 말라
고무풍선으로 핏줄을 압박하라
느낌은 죽음이다
느낌으로 조정하지 말라
계기판이 느낌을 이긴다, 이긴다

수없이 각인시킨 교관의 훈련 강의는
300, 500, 800으로 속도가 바뀌고
동체가 뒤집어질 때
느낌이 계기판을 이긴다고 한다
하늘이 바다로
바다가 하늘로
뒤바뀌는 그 촌각에
꿈꾸듯 회전증을 앓는다고 한다
죽음도 파랑으로 보이는 회전증

해라고 생각했던
별이라고 생각했던 거기서
초고속으로 추락할 때
내가 너로 동체가 뒤집어질 때
그 촉각에,
나도 회전증을 앓았었다

계기판이 느낌을 이겨야했는데
느낌이 계기판을 이겼던 그 해
실핏줄까지 터져
바다에 빠졌던
나는 흔적도 없고
파랑 파도 위에 둥둥 떴던
고무풍선 몇 개 떠다니던

그 해 소름돋던 그 회전증을 기억한다

— ≪서정시학≫(2007. 봄호)

시인은 독특하게도 초음속 전투비행기 조종사들을 시의 대상으로 삼고 있다, 땅에 착륙하지 않고 바다에 추락해 죽은 조종사들을. 시인은 어디서 이런 정보를 입수하였나 보다. 조종술을 가르치는 교관은 "느낌은 죽음이다/느낌으로 조정하지 말라/계기판이 느낌을 이긴다"고 하지만 속도가 올라가고 동체가 뒤집어질 때는 느낌이 계기판을 이긴다고 한다. 바다가 하늘로 바뀌는 그 촌각에 꿈꾸듯 앓는 회전증, "죽음도 파랑으로 보이는 회전증" 때문에 사람은 죽게 되는 것이다. "느낌이 계기판을 이겼던 그 해", 시인에게 어떤 일이 일어났는지 알 수 없지만 화자는 "바다에 빠졌던/나는 흔적도 없고"라고 말한다. 인간은 '감'으로 일을 처리하여 성공을 거둘 때도 있지만 낭패를 볼 때가 더 많다. 위기에 처했을 때는 느낌으로 일을 처리하게 마련이니 우리 모두 약간씩은 회전증 환자인 것을!

최서림
집의 역사

모든 집에는
제각각의 역사가 있다
나무들처럼 자세히 들여다봐야만
겨우 보이는 사람들의 역사가 숨어있다

마을버스가 킁, 킁, 거리며 겨우 비집고 올라가는 산동네
끝도 없이 이어지는 닭장 같은 연립주택, 다126호
허술한 문짝만큼이나 서로 구별되지 않는
나면서부터 이미 낡아버린 사람들,
멀리서 보면 이름이 집 번호같이 한낱 기호에 지나지
못하는

싸워보지도 않고 미리 패배해버렸다
매듭이 풀리지 않고 점점 더 꼬여만 가는
잡동사니로 가득 채워진 인생만큼이나
비좁고 냄새나는 구멍, 섬 같은 감옥
언제나 탈출을 꿈꾸어왔지만
너무 오래 머물러
그냥 눌러 붙어 있고 싶은 때도 있었다

추석인데도 골목에 차가 빼곡하다

영영 돌아갈 집이 없는 사람들,
더 이상 집을 세우지 못하는 사람들,
흙먼지 잔뜩 낀 방범창 너머로 올려다보는 저 달은
지하방까지 따라 들어온 저 달은
누구에게나 둥글다

— ≪애지≫(2007. 가을호)

집은 사람의 역사다. 집으로부터 삶이 시작된다. 그런 면에서 집의 구조는 한 시대를 가늠해 볼 수 있는 척도라 할 수 있다. 이용악이 일제강점기 「낡은 집」을 통해 농경사회의 피폐한 민중들의 삶의 애환을 적나라하게 보여주고 있다면, 최서림의 이 시는 산업화 시대 달동네의 쓸쓸한 풍경을 아프면서도 슬프게 그리고 있다. 그러나 그 속에는 시인의 따뜻한 마음이 자리한다. 비록 "섬 같은 감옥" 속에서 "더 이상 집을 세우지 못하는 사람들"이 각기 집을 이루며 살고 있지만, "지하방까지 따라 들어온 저 달"을 통해 가난한 이웃들의 아픈 마음을 항심으로 따뜻하게 감싸주고 있기 때문이다.

최정례

호랑이는 고양이과다

고양이가 자라서 호랑이가 되는 것은 아니지만

장미 열매 속에
교태스런 꽃잎과 사나운 가시를 감추었듯이
고양이 속에는 호랑이가 있다

작게 말아 구긴 꽃잎같이 오므린 빨간 혀 속에
현기증 나게 노란 눈알 속에

달빛은 충실하게 수세기를 흘러내렸을 것이고

고양이는 은빛 잠 속에서
이빨을 갈고 발톱을 뜯으며
짐승 속의 피와 야성을
쓰다듬고 쓰다듬었을 것이고

자기 본래의 어두운 시간을 가만히 바라보는 것처럼

고양이,
눈 속에 살구빛 호랑이 눈알을 굴리고 있다
독수리가 앉았다 날아가버린 한 그루 살구처럼

— ≪시안≫(2007. 가을호)

詩 2008 요즘 애완용으로 개와 고양이를 많이 기르지만, 고양이는 기르기가 무척 까다롭다. 고양이는 자신이 지닌 야성을 숨기지 못하기 때문이다. 시인의 말처럼 고양이는 긴 세월, 호랑이와 같은 야성을 스스로 가다듬으며 스스로를 지웠다고 하지만 본래 야성은 감춰지지 않는다. 주머니 속의 송곳처럼 어느 순간 드러나기 마련이다. 그러나 이 시에서 시인이 바라보는 것은 야성을 지우기 위해 감내했던 고양이의 그 어두운 시간이다. 그래서 고양이의 모습에서 시인이란 존재의 또다른 모습을 읽어낼 수 있는 것이다. 시인 역시 차마 始原을 향한 야성을 감출 수 없는 존재이기 때문에.

한영숙

이조곰탕집

  간밤에 똥밭에서 미끄러지는 꿈을 꿨더니 아침부터 입이 걸죽한 사람들을 만났다. 수화기에다가 호박구덩이 거름 퍼붓듯 줄줄이 퍼붓는다. 분토에 섞인 말들이 걸차게 뻗어나가고, 뜨끈한 속어들이 문장으로 선명하게 출력된다. 내 마음속에는 한여름 욕설 잘 먹은 시커먼 잎들로 가득했다.

  엄지손톱만한 욕설 숱하게 비운 빈속이 니글거린다.
  하늘마저 텁텁한 황사다.
  청량고춧가루 확 푼 곰탕국 한 그릇 숨도 안 쉬고 단숨에 들이켰다.

  우당탕— 낙하하는 俗語들
  맵다.

— ≪현대시≫(2007. 9)

사람들이 하는 말 중에 '뜨끈한 속어'들이 있다. 욕설, 음담패설, 육두문자 같은 것들 말이다. 그런 말을 한꺼번에 왕창 들으면 기분이 나쁠 때도 있겠지만 정감이 느껴질 때도 있을 것이다. 아무튼 이 조곰탕집에 온 사람들이 아침부터 무지막지한 말을 했나 보다. 그 말을 하는 모습을 "호박구덩이 거름 퍼붓듯 줄줄이 퍼붓는다"고 표현한 것이나, "분토에 섞인 말들이 걸차게 뻗어나가"는 과정을 묘사한 필력에 잠시 경악한다. 엄지손톱만한 욕설을 숱하게 비웠으니 빈속이 니글거리기도 할 만하다. 시인은 "우당탕— 낙하하는 俗語들"의 내용을 들려주는 대신 그런 말을 "청량고춧가루 확 푼 곰탕국 한 그릇"에 비유하였다. 숨도 안 쉬고 단숨에 들이켰으니 그 말들이 얼마나 매웠으랴.

한영옥

덩굴성 식물에 관한

덩굴성 식물에 대한 예감이라면
사실 오래 전부터 좋지 않았다
덩굴성 식물은 기어오르는 그 관성
멈출 겨를이 없어 보였기 때문이다
'겨를'을 건너뛴다는 것은
그냥 물고 늘어지겠다는 것,
사나워지는 심보를 끝까지
풀어놓아 버리겠다는 것이다
돌배나무 한 쪽을 뒤얽어가며
잎을 늘어뜨리고 열매 달았던
다래 덩굴이 와자지껄한 질곡을
한참 심란하게 드러내고 있다
등줄기를 뻐근하게 타고 오르는
한 수작을 덥석 걷어내지 않은 것,
화근이라면 화근이었을 것이다
'겨를'의 믿음을 버리지 못한 것
또한 문제라면 문제였을 것이다
잎 떨어지고 열매 떨어지고 나자
덜커덕 들어맞는 예감이라니,
야금야금 뒷목까지 기어 올라온
한 와자지껄이 몹시 산망스럽다

목이 죔틀에 꽉 끼인 듯 뻑뻑하여
여기저기 약손 구하러 다니다가
쭈그러든 돌배나무 곁에 앉아서
좋이 몇 시간 당혹을 재워야 했다

— ≪현대시≫(2007. 10)

덩굴성 식물에 대한 상념을 담고 있는 시이다. 이때의 덩굴성 식물이 오직 식물 자체일 리만은 없다. 의인관의 형식을 취하면서 한 인간을 상징하고 있기 때문이다. 덩굴성 식물은 본래 다른 식물을 타고 감고 오르는 특성을 갖고 있다. 따라서 타고 감고 오르다 보면 멈출 '겨를'을 갖기 어렵다. 타고 감고 오르는 대상을 가차 없이 망가뜨리는 것이 덩굴성 식물이다. 그러니 이 "식물에 대한 예감이" 좋을 리 있겠는가. 멈출 "'겨를'을 건너뛴다는 것은/그냥 물고 늘어지겠다는 것"이기 때문이다. 이 시에서 덩굴식물은 다래덩굴의 모습을 취하고 있다. 그리고 그 대상은 돌배나무의 모습을 취하고 있다. 이어지는 구절에서 시인은 "등줄기를 뻐근하게 타고 오르는/한 수작을 덥석 걷어내지 않은 것"이 "화근이었을 것이"라고 말한다. "뒷목까지 기어 올라온/한 왁자지껄이 몹시 산망스"럽게 느껴지기 때문이다. "목이 쥠틀에 꽉 끼인 듯 뻑뻑"한 채 "쭈그러든 돌배나무 곁에 앉아" "몇 시간"이나 "당혹"해 하고 있을 시인의 모습이 눈에 선하다.

허혜정
나, 더미

필시 온 세상 모든 종족에게
팔아치워야 할 신차였을 것이다
엔지니어의 승리를 보증해줄 특별한 성능
세련된 인테리어 안락한 좌석
크롬빛 철제문은 굳게 닫혀 있었을 테고

때로 격렬한 주행시험에 부서져 나간
마네킹처럼 나를 느꼈다
인간의 상해치를 증명해줄 센서가 장착된 이마
가슴에서 정강이까지 복잡한 기계장치를 달고
정면과 측면 충돌 시도

가속도에 목덜미가 젖혀지고
안전벨트에 묶여 춤추는 스틸 갈빗대
팽팽한 압력으로 부풀어 오른 에어백도 부질없이
탈구된 골반으로 산산조각 유리 파편을 견디고 있는 나는

먼 잔별의 기억까지 다 끄집어내던 머릿속은
온통 깨진 헤드라이트 조각으로 어질러진 채
뽑혀나간 핸들을 움켜쥐고
악몽의 공회전에 갇혀 있는 나는

— ≪문학마당≫(2007. 여름호)

새로운 차를 만들면 차의 강도 측정을 위해 충돌 실험을 해본다. 차에는 마네킹이 타고 있다. 마네킹을 태우고 정면으로 다른 차와 박치기를 시켜보기도 하고 측면으로도 충돌을 시켜본다. 이 시의 화자인 마네킹은 산산이 부서질 운명을 갖고 태어난 존재이다. 조만간 쓰레기 더미의 일부가 될, 모르모트 신세이다. 하지만 이 시에 나오는 마네킹은 자존심과 주체성을 갖고 있다. 21세기인 지금 각국에서 경쟁적으로 개발하고 있는 인공지능 로봇임을 생각해볼 때 인간은 이제 못 동식물을 학대하는 것도 모자라 '스틸 갈빗대'를 지닌 마네킹까지도 학대하고 있다. 잠시 이용해 먹고는 쓰레기 더미에 내버리는 것이다.

홍신선

성인용품점 앞에 서다

벌써 재개발관리처분 지구로 허가 떨어졌는지
몸 下焦에는
샷시 문틀 뜯어내고 헌 의자, 고물 냉장고, TV……
샅샅이 끌어내간 철거대상 빈집들만 남았다. 그것도
휑한 거웃들 속에 숨었다.
어쩌다 성인용품점 앞에서
모형생식기에 수십 번 등짝 전심전력 밀어 넣어도
젤 바르고 굴신굴신 쑤셔 넣어도
결국 메꾸어 지지 않는 것, 꼴리지 않는 것,
'숏 버스' 화면 속 사내의 탱탱한 굴삭기가
흐벅진 자궁내부 단매에 후려쳐도
화장실 밑바닥 질구들 질척이며 開門해도
어디로 잠적하고 말았는가
어디에서도 내 핏줄 속 떼로 달리던 짐승들 벌떡벌떡
일어서지 않는다.
하반신으로 처져 내리는 젊음을
대전차 방어벽처럼 떠받치던 힘,
그렇게 지지나간 시간동안 육신을 먹여 살려온 황음이
단지 성인용품점 진열대 속의
차고 물렁물렁한 인조 실리콘 음경들로 리모델링 되는가.
배꼽 밑 집기와 욕망 모두 끌어내놓고 보면

삶은
재개발관리처분 지구의 텅 빈 가옥,
철거 끝난 황무한 공한지일 뿐
시간의 한낱 맛있는 먹이일 뿐.

— ≪열린시학≫(2007. 여름호)

詩
2008

'시란 가장 가까운 〈안〉에서 가장 먼 〈바깥〉을 탐색하는 운명을 타고 났다.'고 어느 평자가 말했다. 〈안〉은 허하다. 문틀 뜯어내고 샅샅이 끌어내간 철거대상이다. 이럴수록 시인은 〈바깥〉을 탐색하려고 젤 바르고 수십 번 등짝 전심전력 밀어 넣어도 어디로 잠적하고 만 〈안〉은 텅 비어 있다. 시인은 자신의 힘을 스스로에게서 추출하는 존재이기에 고독하다. 시인은 절대의 고독, 그 빈 공간에서 환희와 고통을 함께 맛본다. 〈바깥〉보다 훨씬 왜소하지만, 이 힘으로 시인은 에너지를 다시 얻는다. 재개발관리처분 지구의 텅 빈 가옥에서 황무한 공한지에서 시인은 다시 새로운 〈안〉을 찾기 위해 성인용품 앞에 서게 된다.

홍일표

날씬한 자본주의

상가 대형 유리창은 하루에도 수천 장씩 풍경을 삼키는
대식가다
끝없이 배를 채운다
오토바이, 승용차, 행인들을 닥치는 대로 먹어대도
언제나 날씬하고, 뒤가 깨끗하다
배설물도 없고, 기억도 하지 않는다
순간, 순간을 먹어치우는
저 지루한 운명은 쉼 없이 반복된다
내가 노예냐고, 내가 짐승이냐고 따져 묻지 않는다
유리창의 커다란 입에 제물로 바쳐지는
오늘 그리고 내일
저장되지 않는 발자국, 손자국들이 풀풀 먼지처럼 날아
다니다가
투명한 유리를 통과하며
간단명료하게 죽음을 완성한다
상가 대형 유리창은 수천수만의 유령이 들락거리는,
뼛조각 하나 없이
텅 빈 유리관만 남은 공동묘지.
차가운 가슴뿐인 유리창은 허연 눈을 희뜩거리며
또 다시 누군가의 그림자를 조용히 삼킨다

— ≪현대시≫(2007. 12)

시의 소재가 된 것은 상가에 있는 대형 유리창이다. 여기에 파시체가 되는 온갖 물상을 시인은 유리창에 의해 잡아먹히는 것으로 인식했다. 흡사 영화 〈괴물〉의 그 괴물처럼 엄청난 식욕으로 먹어 삼키는 데, 삼키는 것들이 묘하게도 움직이는 것들이다. 오토바이, 승용차, 행인……. 움직이는 것들을 움직이지 않게 하는 힘이 바로 문명의 파괴력이 아니겠는가. 문명의 힘은 나무를 베어내고 산을 허물고 수많은 짐승의 종말을 초래한다. 대형 유리창에 그 언젠가 비치는 것은 "뼛조각 하나 없이/텅 빈 유리관만 남은 공동묘지"이다. 시인은 지구의 종말, 인류의 종말, 바로 그날에도 차가운 가슴뿐인 유리창은 허연 눈을 희뜩거리며 또다시 누군가의 그림자를 조용히 삼키고 있을 거라고 예상한다. 날씬한 자본주의라기보다는 비정한 자본주의다.

• 최문자

1943년 서울 출생

성신여대 대학원 졸업, 문학박사

1982년 《현대문학》 천료

시집 『울음소리 작아지다』 『나는 시선 밖의 일부이다』 외

시창작이론서 다수

현재 협성대 총장

• 이은봉

1953년 충남 공주 출생

숭실대 문학박사

1984년 《창작과비평》 신작시집 『마침내 시인이여』를 통해 등단

시집 『좋은 세상』 『봄 여름 가을 겨울』 『절망은 어깨동무를 하고』 『무엇이
너를 키우니』 『내 몸에는 달이 살고 있다』 『길은 당나귀를 타고』 『책바위』 외

저서 『실사구시의 시학』 『화두 또는 호기심』 외 다수

현재 광주대 문예창작학과 교수

• 이승하

1960년 경북 의성 출생

중앙대 문예창작학과 및 동 대학원 졸업 문학박사

1984년 〈중앙일보〉 신춘문예 시 당선

시집 『생명에서 물건으로』 『뼈아픈 별을 찾아서』 『인간의 마을에 밤이
온다』 『취하면 다 광대가 되는 법이지』 외

시론집 『한국 현대시문학사』(공저) 『세계를 매혹시킨 불멸의 시인들』
『이승하 교수의 시 쓰기 교실』 『한국 시문학의 빈터를 찾아서』 외

현재 중앙대 문예창작학과 교수

• 양문규

충북 영동 출생

명지대 대학원 문예창작학과 졸업 문학박사

1989년 《한국문학》으로 작품활동 시작

시집 『벙어리 연가』 『영국사에는 범종이 없다』 『집으로 가는 길』

저서 『백석 시의 창작방법 연구』 외

평론집 『풍요로운 언어의 내력』

현재 영동대 강사, 계간 《시에》 편집인 및 편집주간